ULLSTEIN

Das Buch

»Man soll das Leben genießen, ohne an die Konsequenzen zu denken!« sagt sich Turbolenzo, ein Alexis Sorbas auf Samtpfoten. Mutig verläßt er sein beschauliches Zuhause und folgt den Duftspuren Micias, seiner großen Liebe, um fortan als freier Kater in einem Tessiner Bergdorf zu leben. Zielsicher erwählt er sich Noras Haus als neuen Herrschaftsbereich und beginnt auch sogleich mit der Erziehung seiner menschlichen Mitbewohner. Als er beschließt, Micia mit einzuquartieren, wird das ganze Unternehmen erst richtig turbulent – und folgenreich …

Die Autorin

Die gebürtige Berlinerin Nora von Collande ist seit ihrer Ausbildung zur Schauspielerin an den großen deutschen Bühnen zu Hause und wurde u. a. als Hauptdarstellerin der Fernsehserie »Forsthaus Falkenau« weithin bekannt. *Turbolenzo* ist ihr erster Roman. Nora von Collande lebt heute in München und im Tessin.

Nora von Collande

Turbolenzo

Eine Liebesgeschichte

Mit Illustrationen von
Nora von Collande

Ullstein

Besuchen Sie uns im Internet:
www.ullstein-taschenbuch.de

Umwelthinweis:
Dieses Buch wurde auf chlor- und säurefreiem Papier gedruckt.

Ungekürzte Ausgabe im Ullstein Taschenbuch
1. Auflage Dezember 2004
2. Auflage 2005

Umschlaggestaltung: Nele Schütz Design, München,
unter Verwendung des Originalumschlags
von Christine Krutz
Druck und Bindearbeiten: Ebner & Spiegel, Ulm
Printed in Germany
ISBN 3-548-26165-5

Ein Heim ohne Katze,
ohne eine gutgenährte,
oft gestreichelte Katze,
mag vielleicht ein perfektes Heim sein.

Aber wie wollte es das schon beweisen?

Mark Twain

I

Es war im Tessin, kurz nach Weihnachten, als mich ein Satz traf wie eine Donnerkeule.

Es war nur ein Satz, ein einziger Satz. Aber er veränderte mein ganzes Leben.

Ich lag auf Fiorina Ravani, wie fast jeden Abend, und genoß ihre Zärtlichkeiten. Und wie fast jeden Abend, starrte sie in eine Kiste, in der viele kleine Menschen lebten.

Ich lag also gerade auf Fiorina, genauer gesagt auf ihrem Schoß, und schnurrte. Um Mißverständnissen vorzubeugen: Ich bin ein Kater. Mein Fell ist rot, ich habe vier weiße Pfoten und eine weiße Nase. Ich bin unbeschreiblich schön.

Es war ein verdammt kalter Winter. Giovanni Ravani, Fiorinas Mann, zu dem ich keine erwähnenswerte Beziehung hatte, warf ein Stück Holz in den Kamin, und es versprach, ein gemütlicher Abend zu werden. Ein Abend, wie schon so viele in meinem angenehmen, aber langweiligen Leben.

In mir hatten sich Unruhe und Abenteuerlust angesammelt. Täglich mehr. Aber an diesem Abend war mir das noch nicht bewußt. Ich war intensiv damit beschäftigt, Fiorina daran zu hindern, ständig ihr Streicheln zu unterbrechen. Ohne Zweifel war die Ursache ihrer mangelnden Aufmerksamkeit ein Kerl in der kleinen Kiste. Sie war wie hypnotisiert. Der viel faszinierendere Typ lag doch gerade auf ihrem Schoß. Das galt es, ihr klarzumachen. Ich verstand es meisterhaft, indem ich mich von Zeit zu Zeit sehr umständlich um einen Stellungswechsel bemühte. Ich sah ihr tief in die Augen und ließ mich mit einem herzzerreißenden Seufzer in eine neue Position fallen. Sie streichelte tatsächlich weiter, und ich schnurrte belohnend. Der Erfolg war allerdings nur von kurzer Dauer, denn schon verfiel sie wieder diesem lächerlichen Kistenkerl. Ich beschloß, ein Auge auf ihn zu werfen, um in Erfahrung zu bringen, warum sie sich so bescheuert benahm.

Der Grund hieß Alexis Sorbas. Ich dachte gerade, was hat der nun, was ich nicht habe, als er den Satz sagte, der alles veränderte:

»*Man soll das Leben genießen, ohne an die Konsequenzen zu denken!*«

Rums! Das war die Donnerkeule!

Das war's! Das war's, was ich suchte. Das war ich. Das war mein Film. Das war ein Film über mich.

Mein Entschluß stand fest: Ich mußte mein Leben ändern. Auf der Stelle.

Mich beschäftigte schon länger ein Problem, das ich so schnell zu lösen nie gehofft hätte. Seit einiger Zeit unterhielten sich meine Ravanis darüber, demnächst vielleicht nach Italien übersiedeln zu wollen. Was immer sie damit meinten, ich spürte dabei ein leichtes Ziehen im Bauch und beschloß zu handeln. Man verläßt mich nicht! Ich verlasse! So sieht es aus.

»*Man soll das Leben genießen!*«

Die Donnerkeule!

Um Fiorina und Giovanni die kolossale Bedeutung des Augenblicks, meines Abschieds *für immer*, zu verheimlichen, sprang ich vom Sofa und tat unendlich gelangweilt. Diese Aktion unterstrich ich mit einem Gähnen, das mir vielleicht ein wenig zu übertrieben geriet, um nicht zu sagen total mißlang. Glücklicherweise bemerkten sie das nicht. Ich ging zur Tür und sagte: »Mau!«

Um mich nicht künstlich zu erweichen, schaute ich mich nicht noch einmal nach Fiorina um. Sie war es, die mir die Tür öffnete und schnell wieder schloß, um die Kälte nicht ins Haus zu lassen. Der Erinnerung wegen hätte ich sie gerne noch einmal angesehen, aber ich brachte es einfach nicht fertig.

Ich war entschlossen, ein freier Kater zu werden, ohne an die Konsequenzen zu denken. Gefühlsduseleien durfte ich mir nun nicht mehr erlauben.

Mir standen alle Möglichkeiten offen. Gerade eben noch drohte aus mir ein absoluter Laschi zu werden. Noch vor ein paar Minuten wären meine unzähligen Fähigkeiten für immer ungenutzt verkommen. Eine Sekunde kann das ganze Leben verändern. Eine Sekunde – und ein einziger Satz!

Plötzlich überwältigte mich ein solches Glücksgefühl, daß ich sogar meine kleine Mulmigkeit vergaß, die sich gerade eben noch in mir breit machen wollte. Immerhin war dies ein erhebender Augenblick, und ich war mir dessen durchaus bewußt.

Daß Alexis aus der Kiste staturmäßig so erstaunlich klein geraten war, flößte mir grenzenlosen Mut ein. Die ganze Kiste, in der diese winzigen Gestalten rumliefen und sich wichtig vorkamen, war nicht mal so groß wie ich, wenn ich mich streckte. Aber Alexis schien mir besonders klein. Vielleicht weil ich seinen Satz als so groß empfand. Mich hat selten sowas Kleines derart beeindruckt; ich hätte ihn gerne mal kennengelernt.

Mein Ziel war klar. Weiber standen immer an erster Stelle in meinem Leben. Programmpunkt Nr. 1: meine neue Freundin.

Ich schüttelte mich noch einmal, in der Hoffnung, meine Vergangenheit endgültig von mir zu abzuschütteln, und machte mich auf den Weg. Es war saumäßig glatt, aber nun war ich unterwegs, der erste Schritt, der schwerste, wie ich damals annahm, war getan. Ich war in einem Rausch. Mich konnte nichts mehr aufhalten.

Ich verabschiedete mich von meinem Garten, meiner Mauer, meinen verschneiten Bäumen. Mit gehörigen Markierungsschüssen, versteht sich. Ich markiere mit Inbrunst. Ich mach das wirklich gern. Im Winter ist es besonders geil, weil man's auch sehen kann.

Auch dem Tal sagte ich *ciao*, in dem ich so viele Jahre verbracht hatte. Und ich stieg die steile Schlucht hoch, ins nächste Dorf, ein Bergdorf, das ich erst vor kurzem auf einem Nachtspaziergang entdeckt hatte.

Ciao Fiorina, ciao ragazza! Tut mit leid …

»Ciao«, so habt ihr mich genannt. Zum ersten Mal fiel mir auf, daß der Name wirklich zu mir paßte.

2

Obwohl ich vor Autos allergrößten Respekt hatte – aber sehr intelligent mit diesem Problem umzugehen wußte – und obwohl der Weg mich zwang, einen reißenden Bach zu überqueren, hatte ich mich seit Wochen allnächtlich diesen Gefahren ausgesetzt.

Das alte Bergdorf war einfach umwerfend. Es hatte nur eine Straße, was die Gefahr, überfahren zu werden, erheblich verringerte, und war sehr viel kleiner und überschaubarer als mein bisheriges Taldorf. Das Tollste aber war: Es gab unzählige verlassene Häuser.

Ohne Freund Alexis hätte ich wohl nie *ciao* gesagt zu meinen Ravanis, hätte bis zu meinem Ende davon geträumt, einmal im Leben ein ganzes Haus alleine zu bewohnen. Nun lag es mir zu Pfoten und wartete auf mich. Ich hatte vor, Dorfkater zu werden. Auf dem schnellsten Wege.

Damals war ich noch überheblich. Ich ahnte nicht, wie dornenvoll mein Weg noch werden sollte, bis ich mich Dorfkater nennen durfte.

Doch zunächst besuchte ich erst mal federnden Schrittes meine neue Freundin. Ich hatte sie während meiner Bergdorfentdeckung kennengelernt – und es hatte mich voll erwischt! Diese Liebe war es, diese ungeheure Leidenschaft, die mir die Kraft gab, alles durchzustehen.

Sie hieß Micia, was man »Mietscha« spricht, war eine dreifarbige, zierliche Glückskatze und wohnte bei Carletta, einer alten Frau, die ihr nur Abfälle zu fressen gab. Micia konnte im herkömmlichen Sinne nicht als Schönheit bezeichnet werden, aber sie hatte Charme und rührte mich in ihrer nervösen Hilflosigkeit. Sie war die erste und einzige große Liebe in meinem Leben.

Viele Menschen haben mich verkannt, indem sie mir eine solche Gefühlstiefe wegen meiner zahllosen Affären nicht zutrauten. Das eine hatte mit dem anderen jedoch nichts zu tun. Als angehender Dorfkater hatte ich die Pflicht, mich um die vielen kleinen Katzendamen dieses wundervollen Bergdorfes zu kümmern. Ich verschaffte ihnen den Höhepunkt ihres Lebens, aber ich möchte nicht behaupten, es hätte mir nicht auch Vergnügen bereitet.

Am ersten Morgen dieses neuen Lebens, nach einer atemberaubenden Nacht mit Micia, mußte ich mich erst mal sammeln. Die vielen Ereignisse hatten mich derartig ermattet, daß ich völlig vernebelt war. Wo stand das rote Sofa, auf dem ich sonst immer geschlafen hatte? Wo waren meine Näpfe, meine Milch? Es dauerte eine Weile, bis ich mich orientiert und meine Situation erkannt hatte.

Ich hatte mich in einem verlassenen Stall mit einem Nachtlager aus Heu begnügt und wie betäubt geschlafen. Langsam dämmerte es mir: Mit dieser Übersiedlung begann ein neuer Lebensabschnitt. Vielleicht der entscheidende.

Energisch machte ich meine Morgengymnastik. Ich krümmte meinen Rücken und dehnte meine Pfoten, bis sich meine Körpergröße und -länge verdoppelte. Dann verließ ich – sozusagen pfeifend – mein neues Domizil. Den Stall markierte ich mehrfach und von allen Seiten, um klarzustellen, daß dies nun *mein* Stall war. Denn noch wußte ich nicht, wie groß die Konkurrenz war.

Ich schlenderte lässig Richtung Dorfkern. Als erstes mußte ich einen Menschen finden, der mich anständig fütterte. Ich war nicht im geringsten gewillt, mich in Zukunft bei Micia von Essensresten zu ernähren. Noch hatte ich Reserven, war gesund und kräftig.

Was mir an diesem Tag noch zustoßen sollte – und ich neige nicht zu Übertreibungen –, war das schrecklichste Erlebnis meines Lebens.

Ich war so in Gedanken versunken, während ich durch die vereisten Dorfgassen schlitterte, und derart darauf konzentriert, herauszufinden, wo zum Beispiel Hunde wohnten oder andere Kater, daß ich viel zu spät merkte, daß da lauter Menschen um mich herumstanden und mich anstarrten. Wie aus dem Boden gezaubert, standen sie plötzlich da, glotzten mich an und sprachen über mich. Wohl noch nie einen Kater gesehen, was? dachte ich, aber ich sagte nur: »Mau!«

Sie bildeten sogar einen Kreis um mich. Ich saß in der Mitte wie im Zirkus. Dagegen ist eigentlich nichts einzuwenden, denn im Grunde genieße ich solche Situationen. Naiv, wie ich damals noch war, fühlte ich mich ausgesprochen geehrt.

Mein Instinkt signalisierte mir jedoch, daß

es sich hierbei nicht um pure Bewunderung handeln konnte. Verdammt nochmal, dachte ich blitzschnell, ich sollte es mal mit meiner Mitleidsnummer versuchen! Ich hatte sie schon diverse Male erprobt. Also ließ ich die ersten kläglichen »Maus« ertönen, die ich durchaus zu variieren verstand, und die mir, wie ich fand, hervorragend gelangen. Der Kreis wurde enger, die Stimmen lauter, die Situation bedrohlich.

Ich hau ab, dachte ich, das gefällt mir nicht, und mein Hintern wird auch nicht wärmer vom blöden Rumsitzen auf dem Eis.

Aber plötzlich, *zack*, wurde ich gepackt, und bevor ich noch überlegen konnte, ob ich das jetzt gut fand oder unsäglich, drückte man mich an eine fremde Brust und bestaunte mich. Nicht schlecht, dachte ich.

Diese verdammte Eitelkeit! Ich hatte noch furchtbar viel zu lernen. Äußerst geschmeichelt, denn nun glaubte ich mich auf dem richtigen Weg, zog ich meine Nummer durch bis zum bitteren Ende. Und nicht nur das. Ich wurde kühn – mir wird heute noch schlecht, wenn ich daran denke.

Mich in absoluter Sicherheit wähnend, würzte ich meine Vorstellung mit einem Schuß »Schau mir in die Augen, Kleines«. Ich hatte das letzte Woche mit Fiorina in der kleinen Kiste gesehen, und nie werde ich vergessen, welche Wirkung dieser Satz bei ihr hinterlassen hatte.

Ich war ein verdammt guter Schauspieler mit einem gigantischen Repertoire und war nun nicht mehr zu halten. Ich spielte um mein Leben. Ich schaffte mich derartig rein in die Nummer, daß ich mein Publikum völlig vergaß. Kostbare Momente in einem Katerleben, da so ausgesprochen selten.

Überflüssig zu erwähnen, daß es voll in die Hose ging. Es war so daneben, daß sie sich total veralbert fühlten.

Ich war wie in Trance. Das war mein Verhängnis. Ich segelte durch die Luft, es machte PENG, die Tür knallte zu, und ich Blödmann saß in einem Auto.

Es machte noch mal PENG, und der andere Blödmann saß im Auto. Zwei Blödmänner in einem Auto, nur mit dem Unterschied, daß der eine das wollte, und der andere nicht mal gefragt worden war.

Was hatte er vor? Soll ich ihn von hinten anspringen und ihn mal kurz in seinen fetten Nacken beißen, dachte ich. Statt dessen war ich starr vor Angst, mein Herz donnerte mir fast aus dem Körper, meine Krallen bohrten sich in die Polster, ich war wie gelähmt. Das

Auto machte einen so höllenartigen Lärm, daß ich fast ohnmächtig wurde. Die Bäume flogen vorbei, mir wurde schlecht, ich verlor die Kontrolle über alles, was gerade noch in mir war, ich sprang gegen die Fensterscheiben, ich war am Ende. Als ich dachte, ich will sterben, hielt das Auto an.

Nur raus hier!

Kaum öffnete er die Tür, war ich schon draußen. Der Blödmann hatte mich ins Taldorf zurückgefahren.

Noch völlig benommen und mit Pfoten wie aus Gummi, eierte ich zur Gartenmauer. Um mir keine Blöße zu geben, sprang ich gleich hinauf, stellte aber fest, daß ich noch furchtbar zittrig war.

Der Blödmann stand vor seiner Höllenmaschine, strahlte mich an und war offensichtlich stolz auf seine Tat. Tief zufrieden betrachtete er sein Werk, minutenlang. Wertvolle Minuten, denn ich konnte mich innerlich wieder fangen. Als es an der Zeit war, auf dankbares goldiges Kätzchen zu machen, schaute ich ihn mir zum ersten Mal gründlich an: Es war unser Briefträger.

Jetzt war mir alles klar. Das war doch nicht zu fassen. Da mischt sich dieser Kerl in mein

Leben ein, statt sich um seine Post zu kümmern. Ich konnte ihn noch nie ausstehen, weil seine Hosenbeine immer so nach Hund rochen. Jetzt hatte ich ihm wenigstens seine dämliche Karre vollgekotzt.

Als ich meine Wut wieder unter Kontrolle hatte, spielte ich: Ach, was *bin* ich jetzt glücklich! *Das* hast du aber toll gemacht! Auf die Idee wär' ich ja *nie* gekommen! – Aber nun verpiß dich endlich, dachte ich und sagte: »Mau!«

Fast wäre er übergeschnappt vor Rührung, aber er ließ nur ein »splendido« verlauten.

Ich kann es nicht leiden, wenn Menschen sentimental werden. Endlich stieg er in seine laute Maschine und war weg.

In derselben Sekunde sprang ich, inzwischen wieder energiegeladen, von der Mauer und sauste, soweit es die Vereisungen zuließen, den Berg hinauf.

Ein tränenreiches Wiedersehen mit Fiorina wollte ich uns beiden ersparen. Das hätte ich in meinem jetzigen Zustand nicht überstanden. Für heute hatte ich genug.

Es war eine Wonne, zehn Minuten später das fassungslose Gesicht vom Blödmann wiederzusehen. Ich war früher oben im Dorf als er. In sicherer Entfernung saß ich so dekorativ wie möglich auf seinem Parkplatz, als er um die Kurve kam.

Mit einem Blick à la »Nichts für ungut, du Blödmann!« machte ich mich lässig vom Acker. Mein ganzes Leben lang war ich stolz auf diesen erhebenden Augenblick.

3

Endlich war es Frühling. Der gnadenlose Streß, den ich in den ersten Monaten des Jahres hatte, ließ mich die Härte und Länge dieses Winters kaum spüren.

Zunächst war ich pausenlos damit beschäftigt, mir ein anständiges Domizil zu organisieren. Erst als die Häuserfrage geklärt war, bemerkte ich die Annehmlichkeiten und Vorteile des Dorfes.

Etwas, das im Leben eines Katers oft unterschätzt wird, ist der Geräuschpegel seiner Umgebung. Hier war es so unbeschreiblich ruhig, daß man in der Lage war, sich aufs Wesentliche zu konzentrieren.

Mein Geburtsort, das Taldorf, war voller Straßen, Autos, Menschen und Lärm. Meine neue Heimat hingegen schlängelte sich eher verschlafen um einen Berg herum, und erst nach Tagen stellte man erstaunt fest, daß es hier nicht nur Katzen gab.

Das Dorf hat viele Gärten und Weinterrassen, zum Teil von Steinmauern umgeben. Drei Dorfteile gibt es hier. Der mittlere ist der Dorfkern. Dort befinden sich die Kirche, die Kneipe, die Post und der Friedhof. Dieser Dorfkern interessierte mich überhaupt nicht. Bis auf die Post, vor der immer ein mit Brekkies gefüllter Napf stand, was ich mir für Notsituationen zu merken gedachte.

Ich entschied mich für den ersten Dorfteil. Für meinen Geschmack der schönste. Und nicht nur, weil Micia dort wohnte. Es ist die Lage. Weit entfernt von der einzigen Straße, gegenüber einem unbewohnten Berghang, und oberhalb eines tief in der Schlucht donnernden Bachs. Der macht das einzige Geräusch, das man hier hört.

Hier stehen, weit verteilt, fünfzehn Häuser und Ställe. Alles ist aus Granit. Die Häuser, die Ställe, die Dächer, die kleinen Wege, die Treppen, die Mauern, die Sitzplätze in den Gärten. Zäune gibt es nicht.

Fünf Häuser gehören jetzt mir. Genauer gesagt: vier Ställe voller Heu und ein komplett eingerichtetes Wohnhaus – mein Hauptwohnsitz. Wie ich inzwischen herausgefunden hatte, waren meine Vorbesitzer uralt und sind eines Tages weggegangen. Vielleicht steckte auch bei ihnen Alexis dahinter. Auf jeden Fall hatten sie bei dieser Aktion vergessen, ihre Möbel mitzunehmen.

Meine Variationsmöglichkeiten, allein was das Schlafen betraf, waren enorm. Mehrere bezogene Betten, wundervoll zerfetzte Sessel, ein gemütliches Sofa für den Mittagsschlaf bei Regen und unzählige offene Schränke und Schubladen. Wenn mich die Lebensfreude übermannte, warf ich mich mit Wucht und Wonne in die Schubladen und wirbelte mir deren ganzen Inhalt um die Ohren. Selbstverständlich achtete ich stets darauf, dabei unbeobachtet zu sein. Man hätte womöglich an meiner Seriosität gezweifelt.

Ich besaß auch einen Sonnenbalkon. Allerdings scheint die Sonne hier im Winter eine Zeitlang nicht. Ich meine, sie scheint, aber sie kommt aus Gründen, die ich nicht imstande bin zu erklären, nicht hierher. Dieser unsägliche Zustand ist Gott sei Dank nur von kurzer Dauer, aber mir hat's gereicht. Ich bin ein Sonnenfanatiker, und der Tag, an dem sie sich zum ersten Mal für eine Stunde wieder erbarmte, war wie ein Fest. Ein Fest auf meinem Balkon.

Obwohl ich eine Immobiliengeschicklichkeit an den Tag legte, von der ich noch vor Wochen nicht zu träumen gewagt hätte, waren die ersten Monate kein Frühlingsspaziergang.

Nach der Blödmanngeschichte war ich zunächst Gesprächsstoff Nummer 1, sowohl im Tal- als auch im Bergdorf. Alexis, mein alter Freund, ich werde dir ewig dankbar sein. Ich hatte geradezu eine amerikanische Karriere gemacht, vom Tellerwäscher über Nacht zum Millionär. (Bildung aus der kleinen Kiste.)

Man war inzwischen zu der Erkenntnis gekommen, daß ich ein außergewöhnlicher Kater war. Ein Kater mit Charakter. Ein Kater mit sensationeller Ausstrahlung. Ein Kater mit einem umwerfenden Charme … o Gott, ich könnte mich schon wieder reinsteigern.

Man gab mir einen zweiten Namen. Jetzt hieß ich nicht mehr »Ciao« sondern »Ravani«. So hießen meine Talmenschen und deshalb fand ich diesen Namen nicht so rasend originell, aber ich wollte nicht undankbar sein. Es war ja schon ein Fortschritt, daß man sich wenigstens gedanklich mit mir beschäftigte. Außerdem war es mir doch relativ schnell gelungen, sie davon zu überzeugen, daß ich eine Bereicherung für ihr Dorf war.

Während sich die Hymnen über mich ergossen, versuchte ich eine Art Porzellankätzchen darzustellen. Ich machte ein liebes, aber vor allem bescheidenes Gesicht.

Ihre Anerkennung tat meiner Seele gut. Sie half mir auch, die Durststrecken zu überstehen. Irgendwann verbot es mir einfach mein Stolz, aufzugeben und reumütig ins Tal zurückzukehren.

Aber wovon sollte ich leben? Ich hatte Hunger!

Nachdem ich nun mehrfacher Hausbesitzer war, mußte ich mich dringend um eine Freßadresse bemühen.

Es war ein Glückstag in meinem Leben, als ich Hera und Lorenzo kennenlernte. Natürlich zeigte ich ihnen meine Freude nicht, sondern ließ sie in dem Glauben, mein Auftauchen wäre ein Geschenk für sie. Aber es kostete mich große Mühe, meine Begeisterung für Hera vor ihr zu verheimlichen: In meinem ganzen Katerleben hatte ich noch nie so tolle rote Haare gesehen und so große ausdrucksvolle Katzenaugen.

Auch die beiden hatten bereits von mir

gehört – wer nicht? Ich besitze eine sagenhafte Menschenkenntnis und merkte sofort, daß ich Lorenzo schon in der Tasche hatte. Ich ging einfach auf ihn zu, was Katzen normalerweise nicht tun, und ließ mich streicheln. Das leise Klingeln seiner Ohrringe entzückte mich. Ich sagte: »Mau!«

Natürlich sollte man, um diese Nummer durchziehen zu können, sehr mutig sein, gelassen und schön. Ich hatte ja bereits schmerzlich feststellen müssen, daß diese Vertrauenskiste auch in die Hose gehen kann. Aber bei Lorenzo spürte ich sofort: Er war ein Katzenmensch. Ich nahm mir vor, sein Freund zu werden. Die schöne rote Hera hingegen galt es noch zu erobern. Wir hatten die heftigsten Auseinandersetzungen, wenn ich im Haus zu markieren gedachte. Einmal hat sie mich sogar gehauen. Sie tobte, schrie und warf mich aus dem Haus. In meiner grenzenlosen Wut biß ich Lorenzo heftig in den Arm. Heute möchte ich mich dafür nachträglich bei ihm entschuldigen.

Entdeckt hatte ich die beiden durch die vielen Katzennäpfe, die vor ihrer Küchentür standen. Jetzt mußte ich nur noch rauskriegen, wem die Näpfe gehörten, bevor sie meine werden sollten. Ein Kinderspiel. Während der nächsten Tage markierte ich mich in die erste Reihe.

Hera und Lorenzo waren sich rasch einig, daß der Name Ravani weder zu mir paßte noch meiner Persönlichkeit gerecht wurde.

Sie tauften mich »Waldemar«. Waldemar! Ich war fassungslos und konnte mich nur noch mit Hilfe des hervorragenden Fressens unter Kontrolle bringen. Ich, ein potenter Italiener – Waldemar!

Trotzdem, es war eine der besten Adressen meines Lebens, und ich gewöhnte mich sogar an den dämlichen Namen.

4

Da gab es ein Haus, in dem ganz merkwürdige Dinge passierten. Abgesehen davon war das Haus von einer solchen Pracht, daß es mir schon lange in der Pfote juckte, mir auch dieses Projekt unter den Nagel zu reißen. Der Garten über mehrere Ebenen und mit einem Teich versehen, bot mir ungeahnte Markierungsmöglichkeiten, sollte es irgendwann mal mein Haus werden.

Glücklicherweise befand sich das Objekt meiner Begierde in unmittelbarer Nachbarschaft von meinem Hauptwohnsitz. Es erforderte nur einen gekonnten Sprung von meinem Balkon auf die Gartenmauer, und schon war ich in der Lage, sämtliche Ereignisse zu verfolgen. Das war mein Logenplatz.

Was sollte ich zum Beispiel davon halten, daß eines Tages alles, was jemals in diesem Haus war, in meinen schönsten Stall befördert wurde? Das muß man sich mal vorstellen: Möbel, Kisten, Koffer, Tüten, Taschen! Der ganze Krempel in meinem Stall! Ich wurde nicht einmal um Erlaubnis gefragt. Ja, hatte ich umsonst wie blöde markiert, oder was? Offensichtlich zogen sie mein Etablissement der riesigen Hütte vor.

Nun stand das Haus leer. Nicht ein Krümel von einem Möbelstück war zu sehen, aber ich kam nicht rein. Keine Lücke in der Mauer, kein kaputtes Fenster, kein verrutschter Dachziegel. Verdammt gut gebaut, die Bude.

Die Frösche begannen bereits zu quaken, der Forsythienstrauch war in voller Blüte, die Sonne schien, und die Menschen riefen sich »Frohe Ostern« zu.

Ich machte gerade einen Spaziergang Richtung Post, da entdeckte ich in einem Blumenbeet Schokolade. Irgend jemand hatte mir doch tatsächlich Schokolade in ein Beet gelegt. Ich fraß alles auf, ratzfatz, wobei nur das viele Papier etwas lästig war. Es bremst den Genuß, dachte ich, und spuckte es wieder aus. Als ich mich putzte, satt und glücklich, tobten

Kinder aus dem Haus und näherten sich mit leuchtenden Augen den Beeten.

Inzwischen hatte ich auf einem Baum einen einzigartigen Beobachtungsposten eingenommen.

Es folgte eine Familientragödie! Spannender als in der kleinen Kiste! Die Kinder tränenüberströmt, die Eltern ratlos. Toll! Vielleicht hatten sie sich eingebildet, mir meine Geschenke klauen zu können. Da hätten sie früher aufstehen müssen. Waldemar war schneller!

Zurück in meinem Dorfteil, begab ich mich mit rundem Schokoladenbauch auf meinen Logenplatz. Auf dem in letzter Zeit völlig verwaisten Terrassentisch stand ein komplettes Frühstück. Kein Mensch weit und breit – aber ein Frühstück. Das ist ja ein Ding, dachte ich, in dem Haus sind keine Möbel, aber Menschen! Menschen ohne Möbel sind doch keine Menschen! Zumindest hatte ich das bis zu diesem Zeitpunkt angenommen. Kein Laut, kein Mensch, nichts! Die Spannung war kolossal.

Nach einigen Stunden war sie das nicht mehr, und ich wagte, das Frühstück gründlich zu inspizieren. Die Milch befand sich ärgerlicherweise in einer Flasche, aufs Müsli konnte ich verzichten, den Käse hingegen hätte ich mir gerne unverzüglich einverleibt. Hübsches Kontrastprogramm, stellte ich gerade fest, als ich im Haus Geräusche hörte.

Völlig verschlafen trapsten sie auf die Terrasse, während ich in rasender Eile wieder meinen Logenplatz einnahm. Eine kleine, blonde Lady und ihr dunkler Machotyp. »Frohe Ostern« schien ein Tag der Überraschungen zu sein, denn die beiden starrten ungläubig auf den Tisch. Wie sich später herausstellen sollte, handelte es sich hierbei um einen Willkommensgruß des Nachbarn.

Um keine Zeit zu verplempern, schritt ich sofort zur Tat.

Während sie sich noch den Kaffee eingossen, näherte ich mich so lässig wie möglich, setzte mich unter den Tisch, machte mit einem Blick klar, was ich wollte, und sagte: »Mau!«

Diese Art Auftritte können ganz furchtbar danebengehen, wenn man es mit Katzenfeinden zu tun hat. Seit dem Malheur mit dem Blödmann war ich jedoch wachsam genug, drohende Gefahren sofort zu wittern.

Die kleine Lady sah mich an, bemerkte sehr richtig: »Och, ist der süß!«, und bediente sich von meinem Käse. Der Machotyp würdigte mich keines Blickes.

Nette Begrüßung! Nun haben mich Härtefälle schon immer gereizt, und so wiederholte ich mein »Mau!«, intensivierte den Käseblick und unterstrich das Ganze mit einem kleinen Schmatzer. Ich meine, deutlicher, ohne dabei für gierig gehalten zu werden, kann man doch wirklich nicht sein. An dieser Stelle möchte ich nicht versäumen, zu erwähnen, daß ich sehr stolz darauf bin, in meinem ganzen Leben niemals gebettelt zu haben, und wäre ich noch so tief gesunken.

»Och, ist der süß! Schau mal, Rick, ist der nicht süß?« Die kleine Lady wurde gar nicht mehr vor Begeisterung, und der Macho hieß also »Rick«. Es handelte sich hierbei um eine selten sture Erscheinung. Selbst nach zweimaliger Aufforderung weigerte er sich, mich anzusehen.

Er weiß nicht, was er versäumt, dachte ich, und begann mit den Vorbereitungen meiner Heuschreckennummer. Fast alles aus meinem umfangreichen Repertoire ist mit Charme zu meistern. Hier allerdings war hohe Konzentration gefordert und unendliche Geschicklichkeit. Eine Heuschrecke als Dessert am Abend kann eine Delikatesse sein, aber damals hatte ich viel zuviel Schokolade im Bauch, und das erschwerte die Aufgabe. Nun galt es hier gegen starke Begriffstutzigkeit anzukommen, und so konnte ich mir keinerlei Zimperlichkeiten leisten. Da mußte ich jetzt durch.

Schnell hatte ich mein Opfer entdeckt, geschickt beförderte ich es in Tischnähe und sensibel paßte ich den richtigen Moment ab. Alle Augen konzentrierten sich auf mich. Ich ließ es ordentlich knacken, und das Biest war weg.

Selten war ich erfolgloser.

»Das ist ja widerlich!« meinte Rick und die kleine Lady hatte grenzenloses Mitleid mit der Heuschrecke.

»Nun stell dir mal den Todeskampf von dem armen Tier vor!«

Hiermit, fand ich, ging sie entschieden zu weit.

«Ach, ich weiß nicht, Nora, ob Heuschrekken so fühlen wie wir.«

Abgesehen davon, daß ich mit meiner Nummer bewirkt hatte, daß die beiden sich jetzt in das Seelenleben von Heuschrecken hineinsteigerten, statt sich mit mir zu befassen, fand ich, daß ich mich für heute genug verausgabt hatte.

Ich sagte zum Abschied noch mal »Mau!« und schlich davon.

So entmutigt ich durch diesen Vorfall auch war, beschloß ich dennoch mit einer gewissen Penetranz, mich Tag für Tag erneut in Erinnerung zu bringen. Noch gab ich die Hoffnung nicht auf, obwohl ich, als Nora mich streichelte, feststellte, daß sie den typischen Hundegriff drauf hatte.

Sie mußte noch sehr viel lernen, die kleine Lady, und wenn ich jemals in diesem Haus etwas Katzengerechtes zu fressen bekommen wollte, mußte ich bald mit ihrer Erziehung anfangen.

5

Nach dem Frühling zog ich Bilanz. Nicht daß mir dieses Leben nicht gefallen hätte. Ich liebte Herausforderungen. Es war eine anstrengende Art, über die Runden zu kommen, aber es funktionierte.

In meiner ersten Euphorie glaubte ich noch in aller Unschuld, ich könnte das Dorf mit meinen Nummern erobern. Doch durch die vielen Kämpfe, die ich zu führen hatte, und wegen der freßtechnischen Durststrecken, war aus mir ein verstrubbelter, magerer Streuner geworden. Mein imposantes Aussehen war dahin, und die Nummer »Schau mir in die Augen, Kleines!« konnte ich mir inzwischen in die Haare schmieren.

Nach unserer ersten ärgerlichen Begegnung

begriff die kleine Lady erstaunlich schnell, daß es Brekkies sind, die ein Kater gerne frißt. Sie brauchte dann noch mal zwei Tage, bis auch »Dose« im Haus war. Allerdings handelte es sich hierbei um diese albernen Alu-Dosen, die nur Katzenbabys bekommen. Aber auch das würde sie noch lernen.

Ich begann gerade die ersten zarten Knospen einer gewissen Zuneigung zu Nora in mir festzustellen, als sie zu meiner völligen Verblüffung abreiste. Zusammen mit diesem unausstehlichen Mann. Dagegen ist normalerweise nichts einzuwenden, aber sie kamen wochenlang nicht wieder.

Kein Problem, dachte ich, wollte sowieso mal wieder bei der feurigen Hera und Freund Lorenzo vorbeischauen. Das Warmhalten gerade einer so gigantischen Adresse ist wichtig und wird oft unterschätzt.

Ich trommelte mit meinen Pfoten gegen die Küchentür, bat mit energischen »Maus!« um Einlaß, aber das Haus blieb still. Sie waren nicht da! Auf dem Parkplatz, den ich sogleich einer Kontrolle unterzog, wurde mir ihre Abwesenheit bestätigt – auch das Auto war weg! Das schöne rote Auto, so rot wie Heras Haare!

Eine Unverschämtheit, dachte ich, und wanderte in Richtung Post. Notadresse! Alle Näpfe leer! Es war nicht mein Tag.

Verzweifelt schlich ich in dieser Nacht zurück ins Tal. Dort mußte ich allerdings feststellen, daß meine Ravanis ausgezogen waren. Ich spürte einen Stich in mir, und jetzt erst begriff ich, was sie gefühlt haben müssen, als ich sie im Winter verlassen hatte.

Ich beschloß nach Hause zu gehen, zurück ins Bergdorf, und mir auf dem Weg eine Maus zu organisieren. Wie mühselig, dachte ich, und versank in Selbstmitleid.

Der Löwe in mir erwachte, mich packte die Wut. Verdammt nochmal, reiß dich zusammen! Bei der ersten Krise gleich schlappmachen? *Ich* doch nicht! Denk positiv!

Ich dachte also positiv wie ein Besessener, bis ich oben im Dorf ankam. Auf dem Parkplatz stiegen gerade zwei Menschen unterschiedlichen Geschlechts aus ihrem Auto.

Noch nie gesehen, dachte ich, schon reichlich spät, dachte ich, aber vielleicht läßt sich da was deichseln! Noch eine Pleite hätte ich an diesem vermurksten Tag nicht ertragen.

Ich verfolgte die beiden.

Es waren Nachbarn von der unzuverlässigen

kleinen Lady und ihrem Begleiter, den ich beschlossen hatte, namentlich nicht mehr zu erwähnen.

Die beiden Unbekannten hatten ihre Eingangstür noch nicht geöffnet, da setzte ich mich schon davor und sagte: »Mau!«

Sie ließen alles fallen, knieten sich zu mir und fragten: »Ja, wo kommst du denn her?« und »Himmel, wie siehst du denn aus?«

So einmalig ich auch war, sie können nicht ernsthaft eine Anwort von mir erwartet haben.

Um die Enttäuschung über mein nicht vorhandenes Sprachvermögen zu mildern, sagte ich zweimal »Mau!« und hoffte auf Erfolg.

Sie schienen mich erwartet zu haben. Ich wurde gestreichelt, bestaunt und verwöhnt, bekam Brekkies, Dose und Milch. Ein Fest!

Das positive Denken war doch immer wieder eine verblüffende Angelegenheit.

Als ich später, tief zufrieden und vollgefressen auf ihr Bett sprang, gerieten sie ganz außer sich vor Glück. Ich putzte mich, suchte mir das molligste Kissen aus und rollte mich ein.

Der Inbegriff an Gemütlichkeit! Ich hörte ihre Stimmen, nahm wahr, daß sie die Näpfe wieder auffüllten und erfuhr ihre Namen: Greti und Ueli!

Nach diesem mühevollen Tag schlief ich sofort ein und versank in eine andere Welt. In dieser wunderbaren Welt lebten nur Katzendamen, wunderschöne Katzendamen. Überall standen Näpfe, wundervoll gefüllte Näpfe, mit den köstlichsten ... wundervollsten ...

Ich empfand es als sehr störend und rücksichtslos, daß sie, als mein Traum den Höhepunkt erreicht hatte, in mein Bett wollten.

Ich machte es mir zur Gewohnheit, mehrmals in der Nacht den Inhalt meiner Näpfe zu kontrollieren.

Im Bett stellten sich die beiden allerdings noch etwas tölpelig an. Nachts um drei, wenn mich die Spielfreude überkam, wollten sie weiterschlafen. Derartige Unflexibilität pflegte ich mit einem Biß zu bestrafen.

Meistens wurde ich anschließend beschimpft und vor die Tür gesetzt.

Über ihr völlig unangemessenes Verhalten müssen sie sich dann aber doch Vorwürfe gemacht haben, denn schon in der folgenden Nacht standen mir wieder alle Türen offen.

Abends saß Greti oft mit einer Handarbeit vor dem Kamin. Ich liebte es, auf ihrem Schoß zu liegen, zu schnurren und die Wolle zu verheddern.

Greti hatte aber auch sehr überflüssige Anwandlungen. So verpaßte sie mir zum Beispiel regelmäßig sogenannte Wurmkuren, die ganz ekelhaft schmeckten! Halsbänder gegen Zecken! Sie verliehen mir ein furchtbar dämliches Aussehen und vermasselten den Anblick meines beachtlichen Halses.

Ich hatte jedoch schnell den Trick raus, wie man die Dinger wieder loswurde. Und schon ein halbes Jahr später legte ich hierbei eine derartige Behendigkeit an den Tag, die sich übrigens nur durch lange Übung erklären läßt, daß ich nicht nur Greti, sondern auch Hera, die ebenfalls mit dem Unsinn anzufangen drohte, davon überzeugen konnte, es zu lassen. Es war eine Fehlinvestition.

«Clochard«! Von Greti und Ueli erhielt ich meinen vierten Namen: Clochard!

Es hat mich zwar gekränkt, von ihnen für einen solchen gehalten zu werden, aber da sie mich immer furchtbar verwöhnten und so viel für mich taten, beschloß ich, mich an »Clochard« zu gewöhnen.

Immer mehr Häuser und Gärten mußten verteidigt werden. Ich markierte, was meine Blase hergab, denn ich hatte einen Feind: Speedy!

Er war ein gewaltiger Brocken, gepflegt und behütet. Er besaß ein Zuhause und trug Halsband. In einem sehr einsamen und schwachen Moment ließ mich sein Anblick fast neidisch werden.

Obwohl wir Nachbarn waren – er wohnte blöderweise neben meiner Freundin Micia –, wußten wir nicht viel voneinander. Da er seit Jahren im Genuß gewisser Micia-Rechte war, auf die jetzt aber ich Anspruch erhob, trennte uns schon seit der ersten Sekunde ein gegenseitiger Groll wie auch glücklicherweise eine hohe Mauer. Dennoch waren häufige Auseinandersetzungen nicht zu vermeiden.

Unsere Kämpfe waren gnadenlos. Wir beide sahen danach völlig zerfetzt aus. Jeder Kampf kostete mich ein Stück meiner prachtvollen Ohren. Ihn aber auch! Und das war die Hauptsache.

Da sich meine drei Freßadressen als unzuverlässig herausstellten, und ich unnötige Abhängigkeiten vermeiden wollte, mußte ich mich um Notadressen bemühen.

Es gab einen Geheimgang, den Speedy benutzte, um in sein manchmal verschlossenes Haus zu kommen. Der Weg, der durch ein kleines Schlupfloch im Dach führte, über den Speicher, auf den Balkon und von dort bis zur Küche, war hochgradig gefährlich und kompliziert. Nur meiner bemerkenswerten Beobachtungsgabe war es zu verdanken, daß ich ihn immer wieder erfolgreich bewältigte.

An dieser Stelle möchte ich Berta, der Speedy-Besitzerin, für das Notfüttern meinen Dank aussprechen. Sie tat es zwar ungern, wegen der grandiosen Tumulte mit Speedy, aber immer wieder.

6

Es war Sommer. Ich war glücklich.
Es gab viele Gründe für mich, glücklich zu sein: die warmen Steinmauern. Die Vollmondnächte. Die Freiheit. Micia!

Es machte mich zum Beispiel auch glücklich, daß das Dorf sich veranlaßt fühlte, mir einen Namen zu geben. Einen Namen, der sowohl meine Persönlichkeit als auch meine Optik erfaßte. Es war mein fünfter Name, und obwohl ich auch noch einen sechsten erhalten sollte, war der fünfte der erste und einzige, der mir jedesmal vor Begeisterung kleine Schauer über den Rücken jagte. Sie riefen »Borsong«, wenn sie mich sahen, und ich glaube nicht, daß je ein Kater so genannt wurde. Es war Dialekt und hieß »Der mit den Hoden«!

Es machte mich auch glücklich, daß alle meine Freßadressen anwesend waren. Wo immer ich auftauchte – volle Näpfe!

Allerdings muß ich die Organisation meiner Menschen bemängeln. Sie war erbärmlich. In den letzten Monaten hatte ich bewiesen, daß ich ein Genie auf diesem Gebiet war. Sie hingegen verschwanden gemeinsam oder tauchten gemeinsam wieder auf. Entweder mußte ich hungern oder ich platzte aus allen Nähten.

Aber es war Sommer, ein herrlicher Sommer, und ich war glücklich.

Ich liebte es, auf den Steindächern zu liegen, die von der Sonne ganz warm waren. Obwohl ich so tat, als würde ich schlafen, hatte ich alles unter Kontrolle. Am meisten interessierten mich die Ereignisse im Nora-Haus.

Es wurden nun wieder Kisten, Kästen, Tüten, Taschen und Möbel hineingetragen. Nicht etwa der Krempel aus meinem Stall, der direkt neben ihrem Haus stand. Das hätte die Arbeit doch enorm erleichtert. Statt dessen schleppten sie anderes Gerümpel mühselig ins Haus. Mühselig aus einem großen Auto oben auf der Straße. Viele, viele Treppen hinunter.

Menschen können von so unsagbarer Umständlichkeit sein. Fast wäre ich eingeschritten, aber ich hielt mich zurück.

Mein eindeutig feindlich gesinntes Gefühl Rick gegenüber wurde durch die Tatsache geschmälert, daß er neben den vielen überflüssigen Gegenständen auch Alu-Dosen ins Haus transportierte. Palettenweise.

Daß es sich hierbei immer noch um die Babypackungen handelte, war von entscheidender Bedeutung. In diesem Sommer nämlich hütete Noras Mutter für einige Wochen das Haus. Sie war kein ausgesprochener Katzenfeind, aber ich stellte fest, daß sie Hemmungen hatte, mich zu berühren. Eines Morgens gelang es mir, ins Haus zu kommen. Heimlich! In der Küche – das hatte ich beobachtet – standen meine Alu-Dosen, ordentlich gestapelt. Mit einem gezielten Wischer fegte ich sie zu Boden. Der Rest war ein Kinderspiel: Ich mußte nur noch meine rasanten Eckzähne in die dünnen Alu-Deckel hauen.

Als ich die dritte Dose anbohrte, wurde ich jäh unterbrochen. Man hatte mich entdeckt. Ein sagenhaftes Gezeter brach über mich herein.

Diesem erfolgreichen Vormittag war es schließlich zu verdanken, daß ich in Zukunft von Nora Dose bekam. Große Dose für erwachsene Kater!

Der Sommer war ein einziges Hämmern und Sägen, Kommen und Gehen, Jubeln und Trubeln in diesem Haus. Ich liebe Jubeltrubel, und ich liebe es, wenn sich Menschen versammeln! Dann erst kommen meine katzenuntypischen Fähigkeiten zur Geltung. Ich setze mich auf fremde Schöße, lege los mit meinem Repertoire und bin nicht mehr zu bremsen.

Sogar einem riesigen Gasthund, der es für nötig hielt, sich in meinem Garten aufzuhalten, zeigte ich durch einen enorm hohen Stelzgang, wer hier der Chef des Hauses, des Gartens und des Dorfes war. Um ihm zu demonstrieren, wie sehr er mich langweilte, beendete ich meinen Auftritt mit einem ungewöhnlich intensiven Gähnen.

Es ist unerläßlich, eine neue Adresse auf Gewohnheiten und Ticks der Bewohner zu untersuchen.

Rick zum Beispiel war so unverfroren, mich nicht ins Haus zu lassen. Es wäre wenig sinnvoll gewesen, meine Willenskraft gegen die übermenschliche Widerspenstigkeit durchsetzen zu wollen, die dieser sonderbaren Erscheinung das

Gepräge gab. Tat ich auch nur eine Pfote in den Wohnraum, stampfte er wütend mit den Füßen auf und tobte, als würde er seinen restlichen Verstand verlieren. Ich nahm seine Anfälle gelassen entgegen, hob meinen Schwanz, ließ einen Pups, sagte »Mau!« und ging.

Würdevoll pißte ich anschließend mit einer solch donnernden Vehemenz gegen seine Gartenmauer, daß es mich jedesmal erstaunte, sie damit nicht zum Einsturz gebracht zu haben. Ich versäumte es niemals, zu beobachten, daß ihn das furchtbar ärgerte.

Sein boshafter Charakter fand aber vor allem in der Küche seinen Ausdruck. Hier stellte er die kostbarsten Fressen her, und ich bekam nichts davon ab.

Obwohl ich das Haus nicht betreten durfte, erforschte ich es doch mit meiner sensiblen Nase und versuchte die vielen Wohlgerüche zu unterscheiden.

Natürlich konnte ich damals nicht wissen, was sich hinter Ricks lächerlichem Verhalten verbarg. Ich spürte aber sehr bald, daß er eifersüchtig war.

Wenn ich mich dem Haus nur näherte, ließ Nora alles stehen und liegen. Sie unterbrach Gespräche, warf sich auf den Boden und begrüßte mich.

Erst war es nur ein Spiel, was ich mir bei jeder Begrüßung mit Nora erlaubte. Ich wollte ihr Herz erobern. Sie hielt mir ihren Kopf hin und ich rumste ohne abzubremsen mit meinem dagegen. Ihr Glück darüber war grenzenlos, und die Eifersucht, die unsere Zärtlichkeit bei Rick auslöste, ebenfalls.

Eines Tages wurde Ernst aus diesem Spiel, und ich konnte die Geborgenheit, die Nora mir auf diese seltsame Weise vermittelte, nicht mehr entbehren. Wir begrüßten uns nun immer so, mehrmals am Tag, und ich stellte fest, daß sie es liebte, wenn ich nach Heu roch.

Natürlich erhielt ich noch einen sechsten Namen. Daß Nora als Kind zwei Goldhamster hatte, die sie *Haptatiechen* und *Hihiechen* nannte, hätte mich warnen sollen. Mömpelchen, Schnäuzepups und Teufelsbraten mußte ich bereits über mich ergehen lassen, bevor ich endgültig ihr »Turbolenzo« wurde.

Bei dieser unsäglichen Auswahl von Namen, war »Turbolenzo« ja noch mit Abstand die erfreulichste Lösung. Trotzdem hätte mir ein Name wie zum Beispiel »Erotico« wesentlich besser gefallen.

Eines Tages gingen sie spazieren und vergaßen die Türen zu schließen. Unbändige Freude machte sich in mir breit. Ich veranstaltete ein ausführliches Probeliegen auf sämtlichen Betten und Sofas. Am Ende entschied ich mich – wegen des günstigen Fluchtweges – fürs Gästebett.

Erst als sie im Haus waren, wurde ich wieder wach, so tief hatte ich geschlafen. Mit einem jener Sprünge, die nur meiner akrobatischen Behendigkeit wegen glückten, landete ich auf dem Klavier. Es war ein fürchterliches Durcheinander, was ich durch meinen enormen Schwung verursachte. Fast wäre ich gestrauchelt. Alles polterte zu Boden. So schnell ich konnte, machte ich mich durchs Fenster aus dem Staub.

Sie haben nie erfahren, daß ich es war, der ihren gesamten Klumpatsch hinter das Klavier befördert hatte.

7

Der Winter war hart. In jeder Hinsicht. Die Misere begann damit, daß von einem Tag auf den anderen zwei Adressen gleichzeitig abreisten. Ohne Vorwarnung. Gerade als ich glücklich und sicher war, meine Termine ausgetüftelt hatte und keinen zu kurz kommen ließ, da waren sie verschwunden.

Wie konnten sie mir das antun? Ich hatte meine Gunst gerecht verteilt, ich war treu und eine Bereicherung.

Nichts hätte mich dazu bewegen können, dieses Leben wieder aufzugeben. Ich hätte sie niemals verlassen. Ich war traurig und enttäuscht.

Erst wollte ich es nicht wahrhaben. Ich setzte mich auf meine Fensterplätze und wartete.

Lange und geduldig. Beim kleinsten Geräusch hätte ich sofort gegen die Scheibe getrommelt. Vielleicht waren sie ja doch zurückgekommen, und ich hatte es nur nicht bemerkt. Aber die Häuser blieben still – kein Laut, kein Licht, nichts.

Die Nächte klirrten vor Kälte, waren sternenklar. Selbst mein Heu schaffte es nicht mehr, mich richtig aufzuwärmen. Und die Sonne kam auch nicht mehr über den Berg.

Carletta, der Mensch von Micia, war weder eine Augenweide noch als Freßadresse erstrebenswert. Ich schätze, sie war genauso alt wie das Dorf, denn sie hatte kaum noch Zähne. Aber vielleicht bekam auch sie nur Abfälle zu fressen. Eines Tages im knackigsten Winter, wurde sie in ein Auto gepackt und weggefahren. Ich hatte natürlich den Blödmann im Verdacht und konnte nur hoffen, daß auch sie ihm die Höllenmaschine vollkotzte.

Da saß ich nun mit meiner kleinen Micia, die den ganzen Winter auf dem Balkon verbrachte. Die Menschen und die Sonne, auf nichts war Verlaß.

Wie ich heute weiß, kam Carletta in ein großes Haus in einem anderen Dorf. Es war ein Haus für Menschen ohne Zähne. Alle sitzen sie da, haben keine Zähne, starren an die Wand und warten auf den ersten Sonnenstrahl des neuen Jahres. Dann erst dürfen sie wieder zurück in ihre Häuser. So sind Menschen.

Im Sommer nahm die Zahl meiner Freunde zu, aber auch die Zahl meiner Feinde. Auch das hatte ich zu lernen. Meine Kämpfe um Micia und um meine Besitztümer gingen bis aufs Blut. Dementsprechend sah ich aus. Und dementsprechend fühlte ich mich.

Kein Millimeter an meinem einst perfekten Körper war nunmehr unverletzt. Ich humpelte – ein trostloser Anblick. Jede Bewegung tat mir weh. Es kostete mich Überwindung, mich zu putzen.

Als wäre das nicht schon genug, wurde ich auch noch krank. Husten, Schnupfen, Schüttelfrost! Ich mochte nichts mehr fressen, ich war total am Ende! Mein Charme war weg, ich war nicht mehr der alte.

Als ich in diesem jämmerlichen Zustand auch noch Speedy traf, gab mir das den Rest. Er sah im Vergleich zu mir so gepflegt und gekämmt aus, daß ich weder Kraft noch Verlangen verspürte, mit ihm zu kämpfen. Da er bei unserer letzten Auseinandersetzung den Verlust einer Ohrspitze zu beklagen hatte, war auch er nicht sonderlich scharf darauf. Wir saßen uns eine halbe Stunde lang sehr gefährlich gegenüber, bevor sich die Sitzung relativ unspektakulär auflöste.

Nie zuvor bin ich einer Rauferei aus dem Weg gegangen. Meistens war ich es, der provozierte. Das war das Salz in der Suppe meines Lebens. Aber an diesem Abend hätte ich jeden Kampf verloren.

Wären da nicht Hera und Lorenzo gewesen, ich weiß nicht, ob ich den Winter überstanden hätte.

Mit letzten Kräften drückte ich mich gegen ihre Küchentür. Trommeln war nicht mehr drin, und sogar das sonst dazugehörige »Mau!« wollte mir nicht glücken. Hera war es, die mich ins Haus ließ. Die Küche war schön warm, im Kamin brannte ein Feuer, es roch nach Minestrone.

Schon allein dadurch ging es mir etwas besser. Ich hatte wieder ein Zuhause. Lorenzo kam. Lange bestaunten sie ihren zerschundenen Waldemar. Lange besprachen sie, was zu tun sei. Ich saß in der Mitte und genoß es, der Mittelpunkt zu sein. Dann wurde ich verarztet. Darauf hätte ich allerdings verzichten können. Die Tröpfchen schmeckten grauenvoll, und die Salben auf meinen Wunden fand ich auch ziemlich albern. Aber es half.

Es waren nicht die Tröpfchen und Salben, die das Wunder vollbrachten und aus mir wieder einen kräftigen Kater zauberten. Es war die Sorge um mich, die Geborgenheit, die Wärme und die Geduld, die Hera und Lorenzo für mich aufbrachten. Aber vor allem war es ihre Liebe, die mich in den folgenden Wochen wieder gesund werden ließ.

An den Nachmittagen verkroch ich mich unter dem bollernden Specksteinofen und schlief.

Die Nächte verbrachte ich im Bett mit Lorenzo. Und während ich in seinem Arm lag, ohne mich zu rühren, bewachte ich seine beiden Ohrringe und war zum ersten Mal in meinem Leben dankbar.

8

Dann kam das Jahr der Fortschritte.

Im Frühling tauchten Nora und Rick endlich wieder auf. Sie sahen beängstigend aus, müde und grün. Obwohl sie mir in ihrem klapprigen Zustand leid taten, ließ ich sie ein paar Tage zappeln, bevor ich in Erscheinung trat. Ich hatte mir vorgenommen, ihnen dadurch meine gekränkte Haltung deutlich vor Augen zu führen.

Sie schliefen beinahe ununterbrochen. Wenn sie nicht schliefen, stöhnten sie: »Nie wieder Tournee!« Was auch immer das zu bedeuten hatte.

Vielleicht war »Tournee« der Name eines Dorfes? Vielleicht hatten sie, so wie ich, harte Monate hinter sich? Arbeit, Kämpfe, Frieren und Krankheit? Während ich mir das Ergebnis dieser Tortur betrachtete, konnte ich sie in ihrem Entschluß nur bestärken, diesen anstrengenden Ort nie wieder aufzusuchen. Was wollten sie denn auch da, dachte ich. Sie hatten doch mich! Ich schaute sie an und sagte: »Mau!«

Das muß sie überzeugt haben. Sie fuhren nie wieder nach Tournee, sahen nie wieder so erbarmungswürdig aus. Das Haus stand nun nie wieder leer.

Seit dem Frühling wurde ich von Nora pausenlos fotografiert. Ich kam mir dann immer sehr bedeutend vor. Ich erhielt sogar mein eigenes Fotoalbum! Ein ganzes Buch über mich! Auf jeder Seite: ICH!

Selten hat mich eine Sache derartig begeistert.

Inzwischen hatte ich mich schlau gemacht, warum Hundemenschen Hunde mögen. Zum Beispiel, weil man mit ihnen spazierengehen kann! Mit Katzen nicht. Mit mir schon! Ich begleitete Nora nun immer auf ihren Spaziergängen und achtete sehr darauf, mich wie ein Hund zu benehmen. Sie hat auf mich gewartet, wenn ich markierte, ich hab auf sie gewartet, wenn sie markierte. Während ich mich auf

Mauern und Häuser spezialisierte, bevorzugte sie Büsche. Sie hat immer mit mir gesprochen und manchmal habe ich »Mau!« gesagt.

Es gab auch Wochen in diesem Jahr, in denen ich mit Rick alleine war. Abends führte er Selbstgespräche. Er preßte sich dabei ein schwarzes Kästchen ans Ohr und sagte:

»Ich hab ihm Brekkies gegeben! Fünfmal!
Dose auch! Dreimal!
Milch hat er bekommen ... ja ... ja.
Gestreichelt? Nein, heute noch nicht!
Ich werde ihn gleich streicheln!
Gut! Ich streichle ihn *jetzt*!«

Dann wünschte Rick dem schwarzen Kästchen »Gute Nacht«, legte es auf den Tisch und streichelte mich. Ungeschickt und nur ein Mal. Es hat mich sehr gerührt, und ich begann, ihn ein kleines bißchen zu mögen.

Auch ich führe hin und wieder Selbstgespräche. Allerdings weder in einer solchen Lautstärke noch mit einem Kasten.

Ich besuchte Rick mehrmals am Tag, um mich unauffällig in Erinnerung zu bringen. Wenn er im Garten beschäftigt war, bewegte ich mich an den Ort seiner Tätigkeit. Dann gab er mir zu fressen. Das war doch schon mal was.

Er freute sich über meine Besuche, aber er ließ es sich nicht anmerken. Wir waren uns sehr ähnlich.

Im Sommer schenkte mir Nora ein Handtuch. Sie legte es auf die Fensterbank und ich markierte es. *Mein* Handtuch!

Im Herbst, als die Nächte kühler wurden, wickelte sie eine Wolldecke in das Handtuch. Noch nie in meinem Leben hatte ich eine eigene Wolldecke besessen. Ich liebte und markierte sie. *Meine* Wolldecke!

Im Winter durfte ich zum Fressen ins Haus und bekam einen eigenen Teppich. Ich hätte auch ihn gerne markiert, aber ich dachte an die Szenen mit Hera im Hausflur und riß mich zusammen. *Meine* drei Näpfe standen auf *meinem* Teppich in *meinem* Haus.

Nach dem Fressen mußte ich wieder raus, worunter Nora und ich schrecklich litten. Ich ließ mir darum besonders viel Zeit dabei und legte lange Pausen des Grübelns ein.

Ein paar Wochen später erhielt ich die Erlaubnis, mich nach dem Fressen auf meinem Teppich zu putzen. Auch hierbei verstand ich es, die Sache enorm in die Länge zu ziehen, während Nora die heftigsten Diskussionen mit Rick um mich auszufechten hatte.

Eines Tages wagte ich mich einen weiteren Schritt vor. Kühn sprang ich auf Noras Schoß, kringelte mich ein und tat wie Tulpe. Ich warf einen Kontrollblick auf Rick und einen leidenden hinaus in die Kälte. Auch dieser Schritt schien akzeptiert – und Rick war fast geschlagen.

Jeden Abend lag ich nunmehr auf Noras Schoß. Zu meinem Ärger leider nicht nur ich, sondern auch immer ein Buch. Manchmal las sie einige Sätze laut vor – was Rick auf sich bezog, obgleich es ja eigentlich meiner Unterhaltung dienen sollte. Allerdings suchte sie meistens sehr uninteressante Stellen aus – bis auf einmal, da hieß es: »Es ist eine weltweit anerkannte Wahrheit, daß ein alleinstehender Mann, der im Besitze eines ordentlichen Vermögens ist, nach nichts so sehr Verlangen habe, wie nach einem Weibe!«

Micia!

Ich hatte eine eigene Wolldecke, einen Teppich und drei Näpfe, während Carletta schon wieder in dem Haus für Menschen ohne Zähne saß. Micia war schwanger, brauchte Fressen und

Wärme. Ich stand auf, sagte »Mau!«, wurde rausgelassen und eilte zu meinem Weibe, um mich augenblicklich dieser Misere anzunehmen.

Nun versorgte Nora uns beide, und Micia bekam im Frühling prachtvolle Kinder. Eine Tochter von mir landete bei Hera und Lorenzo. Vollkommen überflüssig – sie hatten doch mich.

Bis Weihnachten schaffte ich es, auch noch einen eigenen Stuhl zu bekommen. Es war *mein* Stuhl, und ich konnte auf ihm liegen, solange ich wollte. Und manchmal wollte ich das sieben Stunden lang, den ganzen Nachmittag, ohne Pause. Es war das Paradies auf Erden, und wir waren sehr, sehr, glücklich.

Ich und Nora.

9

Jedes Jahr ist der 27. Januar ein besonderer Tag. Nicht, weil es der Geburtstag von Mozart ist. (Kleine Kiste!) Was interessiert mich Mozart? Er hat mich noch nie gefüttert.

An diesem Tag kommt die Sonne zurück ins Dorf!

So war es auch im neuen Jahr. Diesen Tag feierte ich auf meiner Wolldecke. Ich drehte und wendete mich, genoß die Wärme und gab mich ihr völlig hin.

Nora und Rick hatten Tournee inzwischen vergessen und blieben den ganzen Winter im Bergdorf. Tagsüber war ich bei ihnen, die Nächte gehörten Freund Lorenzo.

Und dann wurde die Erde endlich wieder warm und roch wieder nach Erde, und die

Natur explodierte, und ich explodierte gleich mit vor Glück. Dieses sinnlose Glück überfiel mich nur im Frühling.

Endlich war es wieder Frühling, oder sagen wir mal, ich nahm es an. Ich war mir diesmal nicht ganz sicher. Meiner genialen Beobachtungsgabe sowie meiner überaus rasanten Kombinationsfähigkeit war es nämlich zu verdanken, daß ich zu folgendem Ergebnis kam: Immer wenn ich Bauchschmerzen hatte, wurde es Frühling, und immer wenn es Frühling wurde, kam Carletta, der Mensch von Micia, aus dem Haus ohne Zähne zurück ins Dorf.

Diesmal nicht!

Die Menschen hatten sich längst »Frohe Ostern« zugerufen, ich hatte längst die Schokoladenbeete geplündert und die damit verbundenen Bauchschmerzen überwunden, und trotzdem war Carletta noch nicht zurück. Es konnte also noch nicht Frühling sein!

Und da ich gerade beim Grübeln war – ich saß malerisch zwischen Osterglocken im Garten von Carletta –, grübelte ich noch ein bißchen weiter, und geriet dabei ins Brüten über das Thema Kater und Katze. Das Ergebnis war erschütternd. Katzen sind vollkommen andere Wesen als Kater, dachte ich, während ich meine Freundin Micia beobachtete.

Den ganzen Winter über lag Micia nun schon zusammengekringelt auf dem Steinbalkon und wartete auf Carletta. Nur einmal am Tag verließ sie diesen indiskutablen Ort, um sich bei Nora Fressen zu holen. Nervös und atemlos, als würde sie von jemandem verfolgt, eilte sie hin und wieder zurück. Niemals hätte ich so geduldig auf einen Menschen gewartet, der mich monatelang im Stich läßt.

Aber Katzen sind anders. Micia war treu und dachte nicht im Traum daran, irgend etwas zu ändern. Sie hatte ihr ganzes Leben mit Carletta verbracht, und irgendwie, auf rätselhafte Weise, mochten sich die beiden. Seit vierzehn Jahren war Carletta ihr Mensch, war das Haus ihr Zuhause, und der bröckelige Balkon ihr Warteplatz. Jeden Tag hatte Micia ihren Menschen auf zeitlupenartigen Spaziergängen begleitet und immer an derselben Stelle eine Pause gemacht. Jeden Tag, seit vierzehn Jahren, immer auf demselben Stein der immerselben Mauer. Von da aus haben sie gemeinsam Bäume angeschaut und geschwiegen. So was verbindet.

Mich würde so was überhaupt nicht verbinden. Ich bin durch und durch unverbindlich. Ich bin ein Kater – und Kater sind anders.

Allerdings gab es auch Dinge, um die ich Micia beneidete. Es waren Kleinigkeiten, aber die Vollendung setzt sich aus Kleinigkeiten zusammen. (Kleine Kiste!)

Carletta hatte in ihrem Haus eine ziemlich große und bunte kleine Kiste und ein geblümtes Sofa voller karierter Kissen.

Rick hatte zwar auch eine kleine Kiste, aber die war noch nicht erwachsen. Sie war winzig und absolut farblos. Da auch von einem Sofa mit karierten Kissen nicht die Rede sein konnte, hatte ich weder Zeit noch Lust, darauf zu warten, daß aus der kleinen Kiste vielleicht irgendwann mal eine große oder bunte oder beides werden würde.

In seine Babykiste paßte nur ein einziges Programm. Immer wieder schaute er sich dasselbe an, tat aber so, als hätte er es noch nie gesehen. Immer wieder dieselbe armselige Veranstaltung. Viele kleine Männer auf einer großen Wiese. Alle hatten sich als Kinder verkleidet und trugen kurze Hosen und Kniestrümpfe.

Ganz abgesehen davon, daß ich auf so was, mit oder ohne Sofa, locker verzichten konnte, hätte ich mich geniert, als erwachsener Kater mit kurzen Hosen und Kniestrümpfen rumzulaufen.

Es waren ziemlich viele verkleidete Männer,

aber man hatte ihnen nur einen einzigen Ball gegeben. Natürlich wollte jeder damit spielen, und ich fragte mich ernsthaft, warum man ihnen nicht einfach mehr Spielsachen gab? Jedem eins! Statt dessen – und das brachte die Angelegenheit völlig durcheinander – wollte plötzlich einer von ihnen Karten spielen. Ein Witwer. Er trug das gleiche alberne Kostüm in Schwarz und besaß eine äußerst fragwürdige Persönlichkeit. In den unpassendsten Momenten machte er mit einer Trillerpfeife auf sich aufmerksam, blieb unvermittelt stehen und versuchte auf sehr uncharmante Weise, die anderen zum Mitspielen zu bewegen. Dabei riß er eine einzige Karte aus der Tasche seines Hemdes, und hielt sie schlecht gelaunt in die Höhe. Statt nun ein bißchen freundlich in die Runde zu blicken, starrte er humorlos zu Boden. Keiner wollte mit ihm spielen. Irgendwie konnte ich die Jungs verstehen, zu sowas hätte ich auch keine Lust.

Zwischendurch schrien plötzlich alle »*Oooooohr*!« oder so was ähnliches, warfen sich auf den Boden und flippten völlig aus.

Und das war das einzig interessante an der Sache: Manchmal flippte Rick bei »*Ooooohr*!« auch aus, und manchmal rief »*Ooooohr*!« in ihm eine tiefe Verdrossenheit hervor.

Diese wechselnden Gemütszustände fand ich äußerst besorgniserregend.

Rick hingegen war gefesselt, was mich zu der Schlußfolgerung kommen ließ, daß nicht Kater anders sind als Katzen, sondern daß Kater und Katzen vollkommen anders sind als Menschen.

Ich beneidete Micia um die sehr viel größere kleine Kiste und natürlich um das Sofa. Auf diesem Sofa hatte sie unsere unzähligen Kinder bekommen, und hier verbrachte sie die Abende mit Carletta. Manchmal saß ich draußen auf der Fensterbank, und wir schauten zu dritt in die kleine Kiste. Aber das wußten die beiden natürlich nicht.

Ich glaube, sie waren mit ihrem Leben zufrieden. Sie kannten es ja nicht anders.

Mitten in diese für einen Kater ungewöhnlichen, rasend gescheiten Gedanken hinein, hörte ich Stimmen.

Micia sprang sofort vom Balkon, und wir hechteten gemeinsam in Deckung.

Die Stimmen näherten sich.

War es doch Frühling? Ich freute mich für Micia und spürte sofort, wie aufgeregt sie war.

Wir saßen ganz still, konzentrierten uns auf alle Geräusche, auf alle Gerüche. Ich hörte den

Wind, den Fluß in der Schlucht, ein paar Vögel und dann eine Frauenstimme, so scharf wie ein Messer.

Nur Carlettas Stimme hörte ich nicht.

Unsicher – und das bin ich wahrhaftig selten – schaute ich zu Micia. Sie zitterte heftig und drückte sich an mich.

Vorsichtshalber schnurrte ich eine Runde. Das beruhigt, dachte ich. Auch mich.

Von Carletta keine Spur.

Ich schnurrte noch eine Runde.

Und das war eine weise Entscheidung.

10

Ich hatte recht: es *war* Frühling! Es war sogar fast schon Sommer! Mein grandioses Zeitgefühl hatte gestimmt.

Wir saßen also in unserem raffinierten Versteck, konnten alles deutlich sehen und hören, ohne selbst gesehen oder gehört zu werden.

Ich erkannte die Frau sofort. Sie war inzwischen vor dem Haus angekommen, in Begleitung eines kleinen Männchens. Sie war eine Hexe! Eine echte Hexe!

Ich hatte schon immer das Kinderprogramm in der kleinen Kiste geliebt, aber am allerliebsten sah ich Märchen. Ich hätte das als seriöser Kater nicht zugegeben, hätte ich nicht zu beweisen, daß ich durchaus in der Lage war, zu beurteilen, wie eine Originalhexe auszusehen hat.

Meiner Meinung nach hatte sie sich ins Bergdorf verirrt und fand nicht mehr zurück in die kleine Kiste und in ihr Märchen.

Ich war begeistert, daß sie hier auftauchte, das würzte die Situation kolossal. Micia fand das gar nicht. Sie zitterte immer noch fürchterlich, und ich konnte sie nur mit Mühe daran hindern, zu fliehen. Mein sensationeller Instinkt verriet mir augenblicklich, daß wir hier noch einiges erleben würden.

Das verschrumpelte Männchen hingegen hatte ich noch nie gesehen. Er erinnerte mich an einen Apfel, den man vergessen hatte, zu ernten.

Dann erhob die Hexe ihre Hexenstimme, daß mir fast meine hochsensiblen Ohren abfielen.

Im Grunde waren die Chancen des Schrumpelapfels, während ihrer Rede auch mal was zu sagen, gleich null; aber vielleicht wollte er sich wenigstens das Gefühl geben, sich an dem Gespräch beteiligt zu haben. Beflissen wiederholte er deshalb, was immer die Hexe äußerte. Im Gegensatz zu mir war er eine ungeheure Niete, um nicht zu sagen eine Nulpe.

»Gütiger Himmel«, zeterte sie, »Carletta ist zweiundachtzig! Sie hat doch weiß Gott lange genug hier oben gelebt.«

»Hier oben gelebt, ja, ja.«

»Andere sind in dem Alter schon tot.«

»Schon tot, ja, ja, aber ich bin fünfundachtzig!« versuchte sich das Männchen zu empören.

Sie hörte gar nicht hin.

»An wem bleibt denn die ganze Arbeit hängen? Wer muß sich denn um das alles hier kümmern?«

»Kümmern, ja, ja, aber ...«

»Wer muß denn jeden Tag für sie Holz holen und Feuer machen und Wäsche waschen und Schürzen bügeln und das Haus putzen und ...«

»Das Haus putzen, ja, ja, sicher, sicher ...« Er kam nicht durch.

»... und die Fenster putzen und die Blumen gießen und einkaufen gehen ...«

»Ja, ja, ist ja gut ...«

»... und das alles hierher schleppen und für sie kochen und die Küche aufräumen und die Stromrechnung bezahlen ...«

»Ja, ja, ist ja gut, ist ja gut ...«

»... und die Bäume schneiden und den Rasen mähen und die Kiwis ernten und Marmelade kochen und die Socken stopfen ...«

»Socken stopfen, ja, ja, natürlich, natürlich, ich meine ja nur ...«

Unvermittelt brach sie in ein höllisches Gelächter aus.

»Ganz abgesehen davon: Wer muß ihr denn die Haare waschen, sie duschen, sie zum Arzt fahren, die Medikamente besorgen? Machst du das oder wer?«

Ihre blauen Lippen hatten vor Erregung die Farbe gewechselt. Sie waren jetzt lila.

Gott, war es wundervoll! Es war besser als alles, was ich bisher in der kleinen Kiste gesehen hatte. Abgesehen natürlich von Alexis, dem ich das alles hier zu verdanken hatte.

Ich wartete jetzt gespannt auf den weißen Schaum. Einmal war in ähnlicher Situation dem wütenden Helden einer Horrorgeschichte weißer Schaum aus Mund und Nase gequollen.

Leider quoll hier absolut gar nichts.

«Das bin doch *ich*, die das alles machen muß, das bin doch *ich*!«

»Das bin doch *ich*, ja, ja, natürlich, natürlich!«

»Wieso du? Ich meine, wieso du?«

»Na ja, na ja …«, murmelte er.

»Was heißt: na ja?"

Der Knitterknabe schwieg

»*Ich* bin doch die Dumme!«

»Die Dumme, ja, ja«, zitterte er verwirrt.

»Nein, nein, sie bleibt, wo sie ist, sie bleibt im Heim!«

»Bleibt im Heim, natürlich, natürlich!«

»Und überhaupt, Micia ist auch zu alt.«

»Auch zu alt, ja, ja.«

Ich erstarrte. Was? Micia? Was ist mit meiner Micia?

»Wer soll sie denn füttern? Was soll sie hier also noch? Wir müssen sie töten!«

»Müssen sie töten«, hörte ich zum zweiten Mal, und das war auch gut so, denn sonst hätte ich es nicht geglaubt.

Mein Herz machte *bum-bum-bum*, und dann machte es plötzlich überhaupt nichts mehr, weder *bum* noch irgendwas, und ich dachte, ich falle tot um.

Der Wind wehte von den Bergen her und die Blätter bewegten sich. Eine Palme schwankte mit papierenem Geraschel und ich dachte: komisch!

Das weiß ich noch, daß ich das dachte, denn sonst war alles still in mir und starr. So blieb es lange. Eine Ewigkeit.

Micia brachte mich ins Leben zurück. Sie schaute mich mit einem Sag-mir-daß-das-nicht-wahr-ist-Blick an und rührte mich derartig, daß mir schlecht wurde. Aber wenigstens einer sollte die Fassung bewahren.

Ich entschied: Ich!

Um sie augenblicklich zu beruhigen, putzte

ich erst mal ihr völlig verwirrtes Köpfchen. Als ich gerade mit sagenhafter Sorgfalt ihre Ohren reinigte, bemerkte ich, daß diese Beschäftigung auch mich beruhigte. Meine Gedanken ordneten sich. Ich entwarf einen Plan.

»Hab keine Angst«, schnurrte ich ihr in das geputzte Ohr, »ich werde dich retten!« Dann putzte ich das zweite. Sie leckte mir quer über meine atemberaubend schöne Nase, und das hieß danke.

Putzen ist etwas Wundervolles, aber alles zu seiner Zeit. Wir sollten jetzt langsam in die Gänge kommen.

Die Hexe und das Männchen hatten es sich inzwischen gemütlich gemacht. Mit einem tiefen Das-hätten-wir-nun-auch-besprochen-Seufzer setzten sie sich auf eine Bank, lehnten sich ans Haus, und sahen plötzlich ganz harmlos aus. Wie Hänsel und Gretel saßen sie da, schlossen gemeinsam die Augen, waren zufrieden mit sich und endlich still.

Ich zählte bis drei – ich bin natürlich der weltweit einzige Kater, der das kann –, und wir schossen wie zwei Pfeile quer durch den Garten und vorbei an der Bank.

Hänsel und Gretel hörten uns nicht.

Ich konnte der Versuchung nicht widerstehen, herauszufinden, wie eine Hexe riecht. Als ich in ihrer Nähe war, ergriff ich also die Gelegenheit, aber das hätte leicht ins Auge gehen können. Sie roch hochinteressant und etwas streng!

Fast ließ mich diese Studie an Tempo verlieren, aber ich war nur kurzfristig leicht betäubt, dann holte ich Micia wieder ein.

Wir sausten über Felder, Mauern, Dächer und Treppen, und als ich mich umsah, stellte ich fasziniert fest, daß wir eine enorme Staubwolke verursacht hatten. Wir rannten um unser Leben, und das war ein ganz anderes Rennen, als einfach nur aus Freude oder Übermut zu laufen. Dieses Rennen hatte einen ganz besonderen Reiz, und ich rannte mich fast in einen Rausch. Ich vollführte Sprünge von einer dermaßen eleganten Leichtigkeit, daß ich vor Begeisterung fast vergaß, wie ernst die Situation war.

Bei Nora und Rick angekommen, knallten wir uns in die frisch gemähte Wiese und wurden ganz albern vor lauter überstandenem Schrekken.

Wir lagen Rücken an Rücken, und ich spürte, wie Micia schnurrte und dann langsam einschlief.

Ich konnte nicht schlafen.

Ich mußte entsetzlich nachdenken.

Im Leben einer Katze ist es ein besonderer Augenblick, sich neue Menschen zu wählen. Soeben waren Nora und Rick die neuen Menschen von Micia geworden. Sie wußten es noch nicht, aber um Micia zu retten, mußten sie es bald erfahren.

11

Es ist nicht jedem gegeben, ein solches Sprachgenie zu sein, wie ich es bin. Ich verstehe Italienisch, Französisch, Deutsch, Schweizerdeutsch, Tessiner Dialekt und Katzensprache.

Um die Besitzverhältnisse von Micia auf der Stelle zu klären, nahm ich mir vor, mit Nora in Katzensprache zu korrespondieren. Rick ließ ich aus meiner Planung erst mal raus, was sich als ausgesprochen klug erwies, da er sich als Bremse ersten Ranges entpuppen sollte.

Die Nacht war warm und weich, es wehte ein schwacher Wind, und ich teilte meine Wolldecke mit Micia, draußen auf der Fensterbank, Po an Po. Sie schlief, ich dachte nach.

Nur zweimal mußte ich mein Nachdenken

unterbrechen, einmal um einen Marder zu verscheuchen, und einmal, um meine Markierungen aufzufrischen.

Ansonsten aber war es eine ruhige Nacht, und während ich den Mond beobachtete, entstand mein Plan.

Ich liebe es, Pläne zu machen und diese Pläne zu numerieren. Wie ich bereits erwähnte, bin ich der einzige Kater des Universums, der bis drei zählen kann, und diesen Vorteil weiß ich oft und geschickt einzusetzen. Damit verschaffe ich mir Übersicht und Souveränität.

Eins: Morgen muß Nora mit der Hexe reden.

Zwei: Morgen muß Nora begreifen, daß wir *beide* in Zukunft hier leben werden.

Drei: Es reicht, wenn Rick das erst nächste Woche begreift.

Eins: Nora muß dann NOCH MAL mit der Hexe reden, damit die Bescheid weiß.

Zwei: Übermorgen muß ich einen Wohn-Plan machen.

Drei: Morgen muß ich früh aufstehen, damit wir hier mal zu Potte kommen.

Es war noch nicht wirklich hell, als ich beschloß, es sei nun hell und Tag genug, um

Nora zu wecken. Bei dieser Gelegenheit wies ich Micia in die Geheimnisse des Gartens ein und zeigte ihr den überaus komplizierten Schleichweg zum Schlafzimmerbalkon.

Ich miaute und trommelte energisch zum Frühstück, und das erste, was wir zu hören bekamen, war nicht etwa ein zärtlich geträllertes »Guten Moooorgen«, sondern ein wütender Schrei von Rick.

Er saß im Bett, zeigte auf mich und brüllte »Was ist *das* denn jetzt?«

Ich sagte »Mau!«, um seine Frage augenblicklich zu beantworten.

»Schau mal, wie süß!« Nora war ganz weg.

»Was ist süß? Es ist *zwanzig nach fünf*!«

»Ja, aber wie sie da *beide* auf dem Balkon sitzen!«

»Um *zwanzig nach fünf*!!!« Er kriegte sich gar nicht mehr ein.

»Mein Gott, sie haben Hunger!«

Ich sagte noch mal »Mau!«, um das mit dem Hunger zu bestätigen, und er brüllte zum dritten Mal »Um *zwanzig nach fünf*???«

Das langweilte mich. Ich sprang schon mal eine Etage tiefer in den Garten, um dort das Fressen entgegenzunehmen.

Micia, die diesem Individuum noch nie in solcher Ausführlichkeit begegnet war, saß wie gelähmt auf dem Balkon und starrte fassungslos ins Schlafzimmer. Es war anzunehmen, daß sie sich ihre Wahl noch einmal durch den Kopf gehen ließ, und ich konnte ihre Zweifel durchaus verstehen. War ein leeres Haus nicht besser als ein Haus mit einem Irren?

Bevor diese Frage auch mich deprimierte, ging die untere Tür auf, und Nora brachte mir mein Frühstück.

Ich setzte mich daneben, sagte »Mau!« und rührte es nicht an.

Micia stürzte sich direkt vom Balkon auf meinen Napf, und es ist wohl überflüssig, zu erwähnen, wieviel Disziplin mich das kostete.

Aber ich war erfolgreich, denn Nora war besorgt.

»Hast du keinen Hunger?«

Ich sagte »Mau!« und das war eine glatte Lüge.

»Sag mal, Micia, ist denn Carletta immer noch nicht zurück?«

Da Micia mein Frühstück fraß, antwortete ich für sie, und sagte »Mau!«

»Ich kümmere mich darum!« versprach Nora und brachte mir auch noch ein Frühstück. Wahrscheinlich hatte ich nicht sehr überzeugend gelogen.

Nun besaß Nora eine überaus hemmungslose Art, ihr noch sehr mickriges Italienisch aufzupeppen, indem sie sich einfach auf die Gartenmauer setzte und wahllos mit jedem Dorfbewohner, der vorbeikam, stundenlang plauderte. So erfuhr sie den neusten Tratsch des Dorfes, und an diesem Tag sollte das unser aller Glück sein. Dank einer Fügung kam auch noch die Hexe des Weges, und auf diese Weise waren bereits am Abend die schwierigsten Punkte meines Planes vom Tisch.

Beim Abendessen draußen im Garten klang es wie ach-übrigens-Rick-was-ich-dir-noch-sagen-wollte, als Nora sehr beiläufig erwähnte:

»Carletta kommt nicht mehr zurück ins Dorf. Micia ist jetzt unsere Katze.«

Rick kaute und schluckte, ich vermute mal, auch an der Nachricht: »Ja, aber wir haben doch schon Turbolenzo …«

Da ich gerade unter dem Tisch saß, sagte ich: »Mau!«

»Jetzt haben wir Turbolenzo *und* Micia.« Nora hatte keine Lust, zu diskutieren.

»Dann haben wir ja jetzt *zwei* Katzen!«

Rick konnte tatsächlich bis zwei zählen – aber *ich* bis *drei*.

In dieser Nacht hing der Himmel tiefer als sonst, und es regnete. Meine Wolldecke war zwar überdacht, aber ich hatte erst kürzlich und rein zufällig während einer Markierungsrunde eine sensationelle Entdeckung gemacht, und die wollte ich Micia zeigen.

Das Haus hatte einen Keller, dieser Keller war ein Traum, diesen Traum wollte ich haben, dieser Traum war mein Ziel. In die Erde gebaut, im Winter wärmer, im Sommer kühler als draußen, mit einer separaten Tür, mit einem Kamin und einem Fenster, so groß wie ich und direkt unter der Decke. Das Fenster war's, was mich entzückte, denn vom Garten aus konnte man es nicht sehen, es war versteckt unter einer Treppe.

Dieser einzigartige Keller hatte nur einen Fehler: Er gehörte Rick!

Es war sein Bastelkeller, und er war vollgestopft mit Holz und Werkzeug und Kabeln und Pinseln und Sägen und Krims und Krams, Millionen von Haken, Regalen, Kisten, Schachteln, Dosen, Tüten und Töpfen. Das Gerümpel war nicht das Problem, das war eher der Reiz, aber ich bezweifelte stark, daß Rick mir seinen Keller so ohne weiteres überlassen würde.

Ich zeigte Micia den Keller, ich zeigte ihr die

Regale, den Kamin und die Schachteln, wir entdeckten ein Waschbecken und warfen uns rein, wir tobten drin rum und feierten unsere Entdeckung. Wir entdeckten dann auch noch eine Kiste mit leeren Kartoffelsäcken, wir kringelten uns zusammen, wir hörten noch ein bißchen dem Regen zu, wir schnurrten gemeinsam – und dann schliefen wir ein.

Als ich aufwachte, glaubte ich zuerst, ich hätte das alles geträumt, aber dann sah ich Micia neben mir liegen und wußte, hier will ich leben mit ihr.

Und dann dachte ich, das ist doch ein Hühnerfurz für mich, diesen Keller zu bekommen; bis jetzt lief alles wie geschmiert. Und dann machte ich einen weiteren Plan.

Ich mußte ein paar Tage Geduld haben, bevor ich diesen brillanten Plan in die Tat umsetzen konnte. Auf den richtigen Zeitpunkt kommt es an, sonst ist alles für die Katz. Bescheuerter Spruch.

Ich beobachtete, wie Nora in meinem Keller Holz schichtete und ergriff sofort die Gelegenheit. Ich setzte mich ins Fenster, sagte »Mau!«, und da mich jetzt der Fensterrahmen umgab wie ein Bilderrahmen, war ich ein umwerfender Anblick.

Sie war gerührt, hob mich runter und *zack*, saß ich in der Kiste mit den Kartoffelsäcken.

Sie schmolz, und *zack*, drehte ich mich auf den Rücken, und verharrte in dieser zugegeben etwas albernen, aber doch sehr süßen Stellung, die nur wenige Kater beherrschen.

Als ich dann auch noch schnurrte, hatte ich sie endgültig in der Tasche.

In diesem Augenblick kam Rick reingepoltert, sah mich, erstarrte und stellte die selten dämliche Frage: »Was ist *das* denn?«

Nora sagte »Dreimal darfst du raten«, und ich dachte, ich könnte mich doch mal ganz höflich vorstellen und sagte: »Mau!«

Rick bemerkte düster »Das ist *mein* Keller!« und wollte wieder gehen, als Nora meinte: «Da hast du mich auf eine Idee gebracht. Haben wir nicht das große, lange Brett irgendwo im Garten?«

Jetzt wurde die Sache spannend. Ich gab meine süße Babyhaltung auf – bringt ja nichts, wenn keiner guckt – und setzte mich kerzengerade auf die Kartoffelsäcke.

»Was willst du denn mit dem Brett machen?« fragte Rick und seufzte.

»Wir müssen den beiden was bauen«, sagte Nora, »vom Fenster schräg runter bis zum Boden, am besten mit dem Brett aus dem Garten. Und dann müssen wir noch zwei, drei Säcke drumrum wickeln, damit sie nicht ausrutschen.«

Keine Ahnung, was sie sich unter den körperlichen Möglichkeiten einer Katze vorstellte, aber das klang wie eine Konstruktion für Carletta. Trotzdem war ich bewegt.

»Soll das heißen, aus *meinem* Keller wird jetzt ein Katzenkeller?« Rick klang existentiell bedroht.

»Sie dürfen nicht ins Haus, also bauen wir ihnen *hier* was!«

»Mit den Kartoffelsäcken wickle ich im Winter die Palmen ein«, sagte Rick mürrisch.

Dann setzte er sich auf ein Holzfaß, zündete sich eine Zigarette an und fragte: »Findest du das mit dem Brett nicht ein bißchen übertrieben?«

Hier mußte ich ihm recht geben. Ich sagte: »Mau!«

Inzwischen saß Nora auch, wir saßen alle drei in einer Runde, sprachen gemeinsam über *meinen* Keller, und ich kann mich nicht erinnern, jemals von einem Gespräch so begeistert gewesen zu sein.

»Irgendwie müssen sie reinkommen«, sagte Nora, »die Tür bleibt zu, und das Fenster ist zu hoch.«

Nicht im geringsten, dachte ich, aber ich hielt mich zurück.

»Also, paß mal auf«, sprach der Meister, »Katzen können springen, und wenn überhaupt, dann reichen *Etagen.*« Worin sich seine Bereitschaft ankündigte, mir seinen Keller zu schenken – und mein damit verbundener Sieg.

Um ihm zu diesem Sinneswandel zu gratulieren, sagte ich: »Mau!«

»Ja, aber wie sollen wir das denn machen mit den Etagen?« Das war ein kluger Schachzug von Nora, denn hierdurch war Ricks Ehrgeiz entfacht.

Er sprang auf, ereiferte sich und verstrickte sich gänzlich in seine Erfindung. Er sägte auseinander und hämmerte zusammen, er zimmerte Kisten, beschwerte sie mit Zementsäcken, nagelte Querbalken, baute Stufen, und so entstand in stundenlanger, mühevoller Handarbeit die überflüssigste, aber allerschönste Katzentreppe, die jemals für Katzen gebaut wurde.

Nora saß da und staunte, und ich staunte auch, denn Rick war soeben mein Freund geworden.

Als die Treppe fertig war, tauchte Micia im Fenster auf, und ohne zu ahnen, was sie da tat, sprang sie die Treppe runter, weihte sie damit ein und landete bei mir in der Kiste.

So fing es an.

Es wurde der großartigste Katzenkeller der Welt.

12

Mein geregeltes Leben geriet noch einmal ins Wanken, als plötzlich im Dorf ein schwarzweißer Kater auftauchte, der sich einbildete, hier leben zu müssen. Ich hatte drei heftige Auseinandersetzungen mit ihm, um klarzustellen, daß es sich bei meinem Dorfteil um Sperrgebiet handelte. Der Bürgermeister beendete unser Geraufe, nahm den mickrigen Kerl unter den Arm, adoptierte ihn und gab ihm ein Zuhause.

Die Kämpfe mit diesem lächerlichen Bürgermeisterkater waren qualitätsmäßig mit denen, die ich mit Speedy hatte, nicht zu vergleichen. Trotzdem ging Rick einmal mit dem Besen dazwischen und jagte Schwarzweiß vom Hof. In diesem Moment spürte ich, daß Rick mich liebte, und nannte ihn innerlich zum zweiten Mal: Freund Rick!

Überhaupt war der Sommer in Sachen Freundschaft eine Wucht. Erst der Keller, dann die Katzentreppe und jetzt auch noch die Nummer mit dem Besen!

Aller guten Dinge sind drei, fand ich, und so hatte ich eines Tages Lust, den beiden zu zeigen, wie sehr ich sie mochte. Ich dachte lange über den geeigneten Zeitpunkt nach. Immerhin sollte es ein feierlicher Moment sein.

Nora saß gerade auf einer Mauer und las, als ich mich langsam an sie heranpirschte und sie zärtlich in den Ellbogen biß. Sowas Tolles hatte sie noch nie erlebt. Sie war völlig hin! Wir schauten uns ganz lange an, und es war wirklich ein feierlicher Moment.

Mit Rick lief die Angelegenheit etwas kerniger ab. Von Mann zu Mann! Ich überraschte ihn beim Unkrautjäten, als ich ihn ganz liebevoll in den Arm biß. Den Blick habe ich weggelassen. Die Sache war klar. Ich sagte »Mau!« und ging. Als ich mich nochmal umdrehte, sah ich, daß Rick aufgehört hatte zu arbeiten.

Natürlich hätte er sich niemals so wie Nora auf den Boden geworfen, um seinen Kopf gegen meinen zu rumsen, und ehrlich gesagt, wäre mir die Kopfrumsnummer mit Rick vor meinen Kollegen auch sehr peinlich gewesen, weil so gnadenlos unmännlich.

Manchmal war Nora wochenlang nicht da. Dann unterhielt er sich mit mir – und das war neu. Daß ich ihm antwortete, auf meine Weise, versteht sich, gab seinem Leben natürlich eine ungeheure neue Dimension.

Jedesmal, wenn ich ihn besuchte, fuhr er zusammen und schrie:

»Ach, Turbolenzo! Jetzt *bin* ich aber erschrocken!«

Dann setzte ich mich erst mal hin, sagte: »Mau!« und putzte mich. Er brauchte Zeit, sich zu berappeln, und ich freute mich, sein Freund zu sein.

Diese Freude fand innerlich statt. Von außen konnte man sie nicht sehen, aber innen war sie sagenhaft.

Rick spürte das. Er sagte: »Hallo Turbolenzo!«, ich dachte: »Hallo Rick« und putzte mich weiter.

Dann sagte er jedesmal: »Verdammt noch mal, ich hab dich nicht *gehört*! Immer kommst du so leise angeschlichen.«

Wirklich je-des-mal sagte er das, und wenn ich ehrlich bin, freute ich mich schon meterlang auf diesen Schreck, weil er mir doch immer wieder und mehrmals täglich meine enorme Körperbeherrschung bewies.

Aber der wunderbarste Moment aller Momente kam erst noch: Rick hörte auf, das zu tun, was er gerade tat; ich hörte auf, mich zu putzen; Rick setzte sich zu mir in den Rasen, und ich setzte mich ganz dicht neben ihn. Ich lehnte mich sogar ein bißchen an ihn, um der Situation auch noch den letzten Kick zu geben.

Rick schaute in den Himmel, streichelte mich, und ich schnurrte, daß der Boden bebte. Und Rick. Natürlich bebte er mit. Ich, Rick und der Boden. Ich bin sehr stolz auf meine Unabhängigkeit, aber dieser Moment der tiefen Nähe machte mich jedesmal sehr glücklich. Menschen sagen zu so was Sahnehäubchen. Katzen sagen zu so was Mäuseschwänzchen.

Nach einer kleinen andächtigen Pause, in der sich Rick eine Zigarette anzündete, erzählten wir uns unsere Gedanken.

Das wurde unser Ritual: Schreck, Putzen, gemeinsames Beben, Mäuseschwänzchen und Gedanken.

Ich dachte zum Beispiel gerade ans Fressen und sagte: »Mau!«

Rick ließ sich rückwärts in den Rasen fallen, betrachtete stolz seine Bäume und fragte:

»Was soll ich aus den Mirabellen machen? Schnaps oder Marmelade? Was meinst du, Turbolenzo?«

Er schien völlig aufgeschmissen ohne meinen Rat. Das rührte mich, und deshalb nahm ich meine Aufgabe ernst. Es war mir zwar ziemlich egal, was er mit den Dingern machte, aber ich wollte ihn nicht kränken. Nach kurzem Nachdenken entschied ich mich für Marmelade und sagte:« Mau!«

Daraufhin sagte er:« Danke, Turbolenzo, das finde ich auch! Einen Schwupps davon in den Kaffee ... wunderbar!«

»???«

Egal, ich hatte die Sache geklärt, und Rick war zufrieden.

Oder ich dachte zum Beispiel gerade ans Fressen, woran ich ehrlich gesagt am liebsten denke, und sagte: »Mau!«

Rick pustete eine imposante Zigarettenwolke in den Himmel und fragte: »Rate mal, wer morgen kommt ...«

Nora natürlich, dachte ich augenblicklich, denn sie war nicht da, und wer sollte es sonst sein.

Ich schaute der Wolke nach, die sich irgendwie rätselhaft auflöste und war fasziniert davon. Sagenhaft, für wie blöde er mich hielt. Nun kam mir mein begnadetes schauspielerisches Talent zugute, denn ich wollte ihm den Spaß nicht verderben. Ich stellte mich unglaublich ratlos, legte meinen Kopf rührend schief und flehte geradezu verzweifelt um Erlösung: »Mau???«

Er pustete eine weitere Wolke in den Himmel, ich nehme an, um die Spannung zu erhöhen, und schmetterte ein triumphierendes »Nora!« hinterher, was die Wolke nicht überlebte. Sie wurde dadurch in der Mitte geteilt, und ich benötigte meine gesamte Disziplin, um mich auf das Gespräch zu konzentrieren. Viel lieber hätte ich die beiden Wolken mit einem einzigen Sprung auf die Erde zurückgefetzt, und sie dann mit Hilfe einer gekonnten Flugrolle erledigt. Stattdessen riß ich mich zusammen, blieb sitzen und schaute neutral.

Rick war ganz weg, wie sehr ihm die Überraschung gelungen war. »Nora kommt morgen, was sagst du dazu?«

Ich sagte: »Mau!« und spielte überrascht. Das gelang mir ausgesprochen überzeugend, denn als ich wieder zu meinen Wolken sah, waren sie weg. Mist, sie waren einfach abgehauen, und ich hatte sie verpaßt. Das überraschte mich wirklich, denn so was passierte mir selten, und deshalb gelang mir das Überraschtspielen so gut.

Es gab drei Gründe, Rick mehrmals täglich im Garten aufzusuchen: Freundschaft, Fressen und gemeinsame Arbeit. Seitdem ich sein Freund war, half ich ihm bei der Gartenarbeit. Unvorstellbar, daß er das früher alleine machen mußte. Ich hatte alles unter Kontrolle und wurde ihm als Hilfe unentbehrlich.

Egal, in welch schwindelerregenden Höhen er sich beim Bäumeschneiden befand, ich war immer schon vor ihm oben. Dabei mußte es mir gelingen, mit meinem ganzen Körper auf seiner Kopfhöhe zu sein. Augenkontakt! Das war das Wesentliche! Manchmal schimpfte er, »so kann ich nicht arbeiten«, aber im Grunde genommen hat es ihn nur geärgert, daß er eine Leiter brauchte und ich nicht.

Wir putzten auch leidenschaftlich gerne zusammen Fenster. Das Allerwichtigste bei dieser Arbeit war, daß der Chef immer auf dem entsprechenden Fensterbrett sitzt und somit jede Bewegung des Fensterputzers beobachten kann. Streckenweise konnte es auch öde werden, aber dennoch gelang es mir überdurchschnittlich oft, den Lappen zu fangen. Sobald ein Fenster fertig war und so strahlte, daß ich mich drin spiegeln und davon nicht genug kriegen konnte, markierte ich es mit einem gigantischen Strahl.

Bei aller Hochachtung, aber dazu war Rick nicht in der Lage und versuchte es auch gar nicht erst.

Und ich meine, was nützt ein noch so schön geputztes Fenster, wenn man nicht schon von weitem riecht, wem es gehört.

13

Im Sommer war Nora davon überzeugt, mir Spielen beibringen zu müssen. Niemand wußte mein Alter – darauf war ich stolz –, aber ich war kein Baby mehr. Spielen! Was für eine unnötige Idee!

Zum Glück hielt sich Ricks Spieltrieb in Grenzen. Im Doppelpack wäre es unerträglich gewesen. Bald merkte ich, wie glücklich es Nora machte. Ich nahm mir also vor, sie nicht zu enttäuschen.

Sie band zum Beispiel einen kleinen Stoffhasen an eine Schnur und zog ihn langsam durchs Gras. Wahrscheinlich wollte sie mir damit weismachen, daß das eine Maus sei. Wenn ich dann das alberne Stofftier mit einem gezielten Sprung erledigt hatte, strahlte sie. Es war wirklich rührend! Ich brachte es einfach nicht übers Herz, ihr klarzumachen, wie unangebracht diese Beschäftigung für einen seriösen Kater ist.

Aber man gewöhnt sich an die dümmsten Dinge, und nicht nur das – eines Tages stellt man fest, daß man nicht mehr auf sie verzichten kann. Das Leben ist voller Überraschungen.

Plötzlich liebte ich den Hasen, ich liebte und brauchte ihn, und wenn er mal nicht da war, vermißte ich ihn, und wenn Micia ihn hatte, war ich eifersüchtig, und wenn ich schlief, hatte ich seinen Faden im Maul.

Der Sommer war durchwachsen, der Herbst verregnet.

Wenn es draußen scheußlich war, verzog ich mich mit Micia in den großartigsten Keller der Welt, und wenn es draußen noch viel scheußlicher war, durften wir tagsüber für ein paar Stunden ins Haus. Ich lag dann auf meinem Stuhl, und Micia lag unter mir auf meiner Decke. Nie war es umgekehrt, und darauf achtete ich sehr, denn das hätte ich des Guten zu viel gefunden.

Immerhin hatte ich Jahre für diesen hohen Lebensstandard geackert, Pläne entworfen und numeriert.

Rick machte Feuer im Kamin, Nora streichelte uns, wir schnurrten um die Wette, und ich fand mein Leben perfekt.

Unser Leben war perfekt und unser Keller auch.

Nora hatte uns inzwischen einen Wäschekorb geschenkt, ihn mit Heu und alten Pullovern gefüllt. Sie hatte uns eine Höhle gebaut, versteckt hinter Brettern und ausgestopft mit Schaumstoff, Zeitungspapier, Heu, Decken und alten T-Shirts von Rick. Wir bekamen einen Spielplatz und einen Freßplatz. Die Regale standen voll mit unseren Dosen, Brekkies, Milch und Wasser, und das Werkzeug von Rick war fast nicht mehr zu sehen.

Allerdings hatte Nora noch ein paar Diskussionen mit Rick, die unsere Freundschaft schwer auf die Probe stellen sollten.

Er durfte zum Beispiel im Keller nicht mehr sägen, und er durfte auch keine spitzen Gegenstände mehr rumliegen lassen, denn das eine sei einfach zu laut, und das andere zu gefährlich für uns.

Schließlich kam er nur noch selten in den Keller, der ja inzwischen auch nicht mehr seiner war, sondern meiner.

Einmal besuchte er mich, und das war der

Höhepunkt unserer Freundschaft. Ich saß in meinem Wäschekorb, er setzte sich aufs Faß, und um das Gespräch in Gang zu bringen, sagte ich: »Mau!«

Da sagte er plötzlich liebevoll: »Jetzt habe ich dir schon meinen Keller geschenkt, jetzt schläfst du auch noch auf meinem Pullover!«

Dann streichelte er mich, und ich wurde furchtbar verlegen.

Ich sagte »Mau!« – und das hieß danke.

»Ich hab zu danken«, sagte Rick, »ich hab sehr viel von dir gelernt.«

Da konnte ich dann nicht mal mehr »Mau!« sagen, so verlegen war ich, ich glaube, ich war noch nie in meinem ganzen Leben so verlegen.

Es gab nun keinen Tag mehr, an dem ich vor verschlossenen Türen stand, denn nun war es umgekehrt. Wenn Nora und Rick mal weg waren, dann kamen meine Adressen zu uns in den Keller und gaben uns zu fressen.

Für den kommenden Winter hatte ich mir ein weiteres Ziel gesteckt. Es galt, Nora und Rick von den Vorteilen des gemeinsamen Schlafens in einem Bett zu überzeugen! Im Arm von ihr, vielleicht auf den Füßen von ihm – davon träumte ich, und ich war sicher, am Ende erfolgreich zu sein.

Mein Aussehen war wieder perfekt: keine Schramme mehr, kräftig, mit glänzendem Fell. Ich war schöner als je zuvor. Nora kämmte mich jeden Tag, was mir nicht jeden Tag gefiel. Das Ergebnis aber war überzeugend. Selbst Speedy schien von meiner Schönheit so geblendet, daß er unnötige Gefechte zu vermeiden wußte. Wir begegneten uns würdevoll und weise.

Mein Glück war vollkommen, vor allem auch, weil Rick es sich endlich angewöhnt hatte, seinen Speiseplan nach mir zu richten. Ich bekam nun immer etwas von seinem Fressen ab, und Micia natürlich auch.

In diesem Herbst regnete es, wie es noch nie geregnet hatte. Es goß Tag und Nacht.

Eines Tages, nachdem ich mit Micia im Keller gefressen hatte, entschieden wir, noch ein bißchen ins Haus zu dürfen, und wir durften.

Ich putzte mich sorgfältig, wir rollten uns ein, ich auf meinem Stuhl, Micia auf meiner Decke.

Nach ein paar Stunden beschloß ich, spazierenzugehen und sagte »Mau!«. Verwundert öffnete mir Nora die Tür. Wie immer gab sie mir einen Abschiedskuß.

Micia blieb, und ich dachte noch, sicher geht

sie jetzt auf meinen Stuhl, das kleine Miststück. Ich weiß noch, daß ich das dachte.

Draußen war die Hölle los. Es schüttete, stürmte und tobte. Es war ein Getöse von allen Seiten. Wasserfälle, die es an schönen Tagen nicht gab, donnerten von den Bergen, und man verstand sein eigenes »Mau!« nicht mehr.

Ich überlegte kurz, ob ich mir das Mistwetter wirklich antun wollte. Ich kann nicht erklären warum, aber ich wollte.

Ich lief meinen üblichen Kontrollgang, wie ich ihn schon tausendmal gelaufen war.

Ich sprang von der Mauer auf die Straße, wie ich es schon tausendmal gemacht hatte.

Das Auto habe ich nicht gehört.

Ich war sofort tot.

14

In der Sekunde, als ich starb, zog sich Nora ihre Schuhe an und verließ das Haus. Hätte sie den Regenschirm nicht vergessen, hätte sie mich gefunden. Aber sie mußte zurück, und das war gut so.

Ich war kein schöner Anblick, und es sollte wohl so sein, daß mich die Frau des Bürgermeisters auf der Straße liegen sah. Sie bedeckte mich mit einem Tuch und holte ihren Bruder Mauro. Mauro machte mit mir, was man hier immer mit toten Tieren macht.

Als Nora auf die Straße kam, wurde ich gerade in den Fluß geworfen, und als sie zum Fluß kam, war ich bereits in meinem Taldorf.

An diesem Abend haben Nora und Rick geweint und nichts mehr gegessen.

Am nächsten Tag wurde ein Foto von mir aufgestellt. Das hätten sie schon zu meinen Lebzeiten machen können. Es steht eine Kerze davor, die immer brennt. Das finde ich übertrieben.

Lorenzo hat tagelang den Fluß nach mir abgesucht.

Hera hat mit Mauro geschimpft.

Ueli hat mir einen Nachruf geschrieben.

Rick macht das Kochen keinen Spaß mehr, und Micia hat sich nie auf meinen Stuhl gelegt.

Ich wurde sehr geliebt.

Und wenn Nora auf meinen leeren Fensterplatz schaut und traurig ist, würde ich ihr gerne sagen, daß ihr Turbolenzo in den Himmel gekommen ist.

Epilog
Von Beniamino

Ich sage Mamicia zu Micia, denn Micia sagt jeder, Mama klingt doof und Mama Micia ist zu lang. Also Mamicia.

Ich bin noch nicht lange im Tessin, genauer gesagt, auf der Welt, heiße Beniamino und Mamicia ist meine Mutter.

Aber ich fang mal von vorne an: Nachdem Turbolenzo gestorben war, taten Himmel und Sonne so, als wüßten sie nicht, was Regen ist, und strahlten blau und unschuldig. Mamicia war das egal. Sie war traurig und beschloß umzuziehen.

Vom Keller ins Haus, zu Nora und Rick. Und weil sie eine kluge Mutter ist, die weiß, wie man sich zu benehmen hat in einem Haus, in dem Katzen nicht wohnen dürfen, durfte sie drin wohnen. Tag und Nacht! Das hatte nicht mal Turbolenzo geschafft.

Eine Woche lang war Mamicia dünn und unglücklich. Dann fraß sie, bis sie eine Kugel war.

Nora hielt es für das Ergebnis ihrer liebevollen Pflege, aber kundige Dorfbewohner meinten gleich nach einem einzigen Blick: »Bald ist es soweit!«

Ein paar Tage, bevor Mamicia mich und meinen Bruder zur Welt brachte, suchte sie im Haus ein Wochenbett für uns. Zum Entsetzen von Rick entschied sie sich für seine Holz- und Kohlenkiste. Mamicia hatte vorher alle Schränke, Schubladen und Betten des Hauses gründlich getestet, aber Ricks Holzkiste war nicht zu toppen: hoch, also sicher, direkt am Kamin, also warm. Nora baute ein Nest aus Heu, Wolldecken und einem alten Pullover, und Rick holte sein Holz wieder aus dem Keller.

Dann verließ Mamicia eines Nachts die Kiste und das Haus, und brachte uns in einem Stall zur Welt. Sie hätte das natürlich genauso gut in der Kiste machen können, aber sie wollte Rick nicht überfordern. Er hatte den Verlust seiner Holzkiste noch nicht ganz überwunden, und war nur mit Mühe damit fertig geworden, daß Mamicia ins Haus gezogen war.

Am nächsten Morgen trug uns Mamicia vom Stall ins Haus. Ins Wochenbett. Erst mich, dann meinen Bruder. Ich hing gerade in ihrer Schnauze, als Nora und Rick mich zum ersten Mal sahen und sich auf der Stelle in mich verliebten. Ich war zwei Stunden alt, umwerfend süß, nur blöderweise noch blind. Viele Möglichkeiten standen mir zu diesem Zeitpunkt noch nicht zur Verfügung, aber trotzdem versuchte ich, mich aus der unglücklichen Position zu befreien. Ich gab meine ersten Töne von mir: sehr hoch und ununterbrochen.

Auch Nora gab Töne von sich, sehr hoch und aufgeregt. Aber ich konnte es höher. Viel höher!

So fing mein Leben an.

Vor unserer Kiste stand ein kleiner Kinderstuhl. Für Mamicia, um über den hohen Rand zu kommen, aber auch als Besucherstuhl für unsere zahllosen Bewunderer. Wir wurden oft bewundert, weil wir so schön waren. Vom ganzen Dorf, wochenlang und mehrmals täglich. Die Küsserei ging mir entsetzlich auf die Nerven, und ich nahm mir vor, dem sofort ein Ende zu bereiten, sobald ich dazu in der Lage sein würde.

Genaugenommen saß Nora von früh bis

abends auf dem Stuhl. Sie nahm uns raus, küßte auf uns rum, setzte uns wieder rein und sagte: »Man kommt zu nichts mehr.«

Um dem Geschmuse eine kleine Variante zu verpassen, habe ich mich einmal versteckt. Das Warten war unerträglich schön. Hektisch wühlte Nora in der Kiste, bis sie mich im Ärmel des Pullovers fand. Sie entdeckte mich ein bißchen zu schnell, aber sonst war's toll.

Während ich im Ärmel saß und auf Nora wartete, konnte ich natürlich nicht ahnen, daß mir dieses gottgegebene Talent, mich verstekken zu können, ziemlich bald dazu verhelfen sollte, mein Schicksal entscheidend zu beeinflussen.

Als wir endlich sehen und laufen konnten, wurde das Leben interessanter. Unzählige Dinge warteten darauf, von mir entdeckt und untersucht zu werden. Ich bin fast ausgeflippt vor Glück, als mir das klar wurde. Das Interesse an *allem*, was diese Welt zu bieten hat, ist die Quelle meiner grenzenlosen Lebensfreude.

Irgendwann kannten wir die Kiste auswendig und wollten raus. Raus ins große Leben. Mamicia fand das noch zu früh für uns, und deshalb brachte sie uns das große Leben in die Kiste: eine dicke, fette Eidechse. Das Biest war sofort im Heu verschwunden. Ich spürte es unter uns, unter der Wolldecke rumsausen und rascheln. Urgefühle übermannten mich, und mir wurde ganz übel vor lauter Schaudern im Bauch. Mein Bruder setzte sich einfach auf seinen schwarzweißen Hintern und pieselte leise vor sich hin.

Leider hat uns Nora dann den ganzen Spaß vermasselt und unser Spielzeug gerettet.

Eines Tages im Frühling beschloß Rick unseren Umzug in den Keller. Ich glaube, wegen dem Spiegel.

Es war mitten in der Nacht, aber es wurde schon hell, als ich den Spiegel entdeckte, und noch nicht wußte, daß es ein Spiegel war. Alle schliefen, und endlich, zum ersten Mal, war es mir gelungen, ohne fremde Hilfe aus der Kiste zu kommen. Der Spiegel stand, so groß wie ein Mensch, an eine Wand gelehnt. Ich konnte gar nicht fassen, was ich da sah. Mein Bruder war doch schwarzweiß? Hatte ich noch einen? Der hier sah ganz anders aus.

Immer wieder untersuchte ich die Angelegenheit von hinten, dann wieder von vorne, und schließlich forschte ich mich in eine sogenannte Forscherekstase hinein und raste in einem solchen Affenzahn um das zu erforschende Objekt, daß es PENG machte, und ich gerade noch unter dem Sofa in Deckung gehen konnte. Es klirrte, knallte, krachte und hörte nicht mehr auf zu scheppern und durch die Luft zu fliegen. Ich fand es absolut überwältigend, was man in der Welt erleben konnte. Dann waren alle wach und schauten nach, was ich erforscht hatte.

Nora sagte: »O Gott, der schöne Spiegel!«

Rick sagte: »Wo ist das Miststück?« Und am nächsten Tag zogen wir mit unserer Kiste in den Keller.

Dieser wundervolle Keller! Schon bald war ich tief in seine Geheimnisse eingedrungen. In alles habe ich gebissen, auf alles bin ich gesprungen, in allem habe ich gesessen. Ich habe wirklich alles untersucht, und es gibt keinen einzigen Gegenstand mehr in meinem Keller, über den ich nicht gründlich nachgedacht hätte.

Als ich damit durch war, nahm ich mir die Treppe vor. Die Treppe von Rick. Mamicia hat es mir immer wieder vorgemacht und ein paarmal mit ihrer Schnauze nachgeholfen, aber irgendwann konnte ich es alleine. Ich entdeckte den Geheimgang unter der Treppe, und ich glaube, da begann mein Leben erst. Ich entdeckte den Garten. Die ganze Welt.

Es war Sommer.

Es war heiß.

Es war einfach toll, und ich war glücklich.

Eines Tages war mein Garten voller fremder Leute. Eine Tessiner Großfamilie hatte sich laut und fröhlich zu Kaffee und Kuchen niedergelassen. Dagegen kamen mir Nora und Rick seltsam bedrückt vor. Dann herzte und küßte die Familie meinen dusseligen Bruder und nahm ihn mit.

Atemlos verfolgte ich das Ganze und stellte fest, daß mein Bruder schnurrte und sich ausgesprochen wohl dabei fühlte. Es fiel ihm gar nicht schwer, uns zu verlassen.

Am nächsten Tag gab es eine kolossale Aufregung, und das lag an meinem gottgegebenen Talent und an den Löchern des Nachbardaches.

Dahin nämlich hatte ich mich verkrümelt, um nicht so enden zu müssen wie mein Bruder, der ja offensichtlich so enden wollte. Aber ich wollte hierbleiben, bei Mamicia, Nora und Rick.

Das Nachbardach bot unzählige Möglichkeiten, aber mein Versteck war mit Abstand das raffinierteste von allen. Da blieb ich eine Weile, um genau zu sein, ein paar Wochen. Um noch genauer zu sein, müßte ich zählen können, und das kann ich nicht.

Das Versteck war gut, aber Mamicia hat mich leider viel zu schnell gefunden. Das Geniale an meinem Versteck war, daß es die Größe eines Katzenbabys hatte, und somit für eine Mutter zu klein war. Mamicia, die die Bedeutung meiner Demonstration nicht erfaßte, sauste los und petzte.

Für Mütter zu klein, für Menschen zu hoch: Nora und Rick brauchten eine Leiter. Rick hielt fest, Nora stieg hoch. Ich hab es ein bißchen spannend gemacht und mich nicht gleich fangen lassen. Kurz bevor Nora das lustige Spiel nicht mehr lustig fand, setzte ich mich einfach hin und tat so, als sei ich erschöpft.

Stolz trugen sie mich zurück in den Keller. Mamicia hat mich gewaschen als wolle sie einen Mutter-Wasch-Wettbewerb gewinnen, und als sie endlich damit fertig war, legten wir uns gemeinsam in unser Körbchen. Eine Idylle! Nora und Rick waren mit dem Ergebnis dieses Tages zufrieden und strahlten.

In der Nacht haute ich wieder ab in mein Dach. Am nächsten Morgen kam erst die Nummer mit dem Petzen, dann die mit der Leiter, und nach ein paar Tagen hatten Nora und Rick keine Lust mehr und stellten mein Fressen einfach in die Regenrinne.

Während der gesamten Zeit meines Dachaufenthaltes blieb die Leiter ans Haus gelehnt, denn ich mußte ja wachsen und brauchte mehrmals täglich zu fressen. Mamicia hat mich bewacht, und irgendwann hatten schließlich alle begriffen, daß ich nicht zu anderen Menschen wollte.

Das Gespräch fand im Garten statt, genau unter der Dachrinne, in der ich mich versteckt hatte und alles mitbekam.

Die Menschen, die mich haben wollten, aber nicht bekommen sollten, beschimpften Nora und Rick, und die Kinder heulten. Nora und Rick entschuldigten sich mehrmals, was nichts half, denn sie wurden weiter und immer heftiger beschimpft, und die Kinder heulten auch immer weiter und heftiger. Auf dem akustischen Höhepunkt fuhren die Menschen ab.

Der ganze Wirbel wegen mir! Ich kam mir sehr bedeutend vor.

Ich kletterte aus meiner Regenrinne, verabschiedete mich für immer von meinem Versteck und zog endgültig in meinen Keller.

Ich wurde von allen begrüßt und geküßt, von Mamicia wieder preisverdächtig geputzt, und von Nora und Rick bekam ich einen Namen: Beniamino.

Ich habe einen Lieblingsort. Es ist der Teich in meinem Garten.

Er ist wie der Spiegel im Haus, nur daß er schon umgefallen und nicht kaputtgegangen ist. Ich kann mich drin sehen: Mein Fell ist rot, ich habe vier weiße Pfoten, eine weiße Nase, und ich bin unbeschreiblich schön!

Nora sagt, ich sehe aus wie mein Vater.

Ich bin noch klein, aber schon sehr klug.

Das habe ich inzwischen gelernt:

Es gibt Tage, da wuselt es im Teich rum und man bekommt nasse Pfoten, wenn man versucht, das Gewusel zu fangen. Und dann gibt es Tage, da ist alles kalt und weiß und ohne Gewusel. Dann kann man drauf rumschlittern und bekommt keine nassen Pfoten.

Das Leben ist ein Wunder. Und meins fängt erst an.

»Mrs. Murphy und ihre Freunde mal wieder in Höchstform«
Booklist

Nach einem langen Winter freuen sich Mrs. Murphy und ihre tierischen Freunde auf den lang ersehnten Frühling. Doch ihnen bleibt keine Zeit, sich an der explodierenden Vogelpopulation zu ergötzen, denn Mysteriöses geht vor in Crozet. Ein kaltblütiger Mörder treibt sein Unwesen in dem kleinen Städtchen: In kürzester Zeit fallen ihm drei Männer zum Opfer. Mrs. Murphy lässt sich wie immer nicht aus der Ruhe bringen und ist mit ihrer Spürnase dem Verbrecher schon bald auf der Fährte ...

»Die mörderischen Geschichten aus dem idyllischen Städtchen Crozet haben mittlerweile Kultstatus.«
Hamburger Morgenpost

Rita Mae Brown

Die Katze lässt das Mausen nicht

Ein Fall für Mrs. Murphy

Roman